mc *Melhores Contos*

João
do Rio

Direção de Edla van Steen

mc Melhores Contos

João
do Rio

Seleção de Helena Parente Cunha

global
EDITORA

© Helena Parente Cunha, 1990

2ª EDIÇÃO, GLOBAL EDITORA, SÃO PAULO 2001
2ª REIMPRESSÃO, 2013

Diretor Editorial
JEFFERSON L. ALVES

Gerente de Produção
FLÁVIO SAMUEL

Coordenador Editorial
JOÃO REYNALDO DE PAIVA

Revisão
ALEXANDRA RESENDE

Projeto de Capa
RICANDO VAN STEEN

Editoração Eletrônica
LUANA ALENCAR

Dados Internacionais de Catalogação na Publicação (CIP)
(Câmara Brasileira do Livro, SP, Brasil)

João, do Rio, 1881-1921
    Melhores contos de João do Rio / seleção de Helena Parente Cunha – 2ª ed. – São Paulo : Global, 2001. – (Melhores contos ; 15)

ISBN 978-85-260-0248-7

1. Contos brasileiros. I. Cunha, Helena Parente. II. Título. III. Série.

90-2294   CDD-869.935

Índices para catálogo sistemático:

1. Contos : Século 20 : Literatura brasileira 869.935
2. Século 20 : Contos : Literatura brasileira 869.935

Direitos Reservados
GLOBAL EDITORA E DISTRIBUIDORA LTDA.
Rua Pirapitingui, 111 – Liberdade
CEP 01508-020 – São Paulo – SP
Tel.: (11) 3277-7999 – Fax: (11) 3277-8141
e-mail: global@globaleditora.com.br
www.globaleditora.com.br

Obra atualizada conforme o
Novo Acordo Ortográfico da Língua Portuguesa

Colabore com a produção científica e cultural.
Proibida a reprodução total ou parcial desta obra
sem a autorização do editor.

Nº DE CATÁLOGO: **1588**

Helena Parente Cunha nasceu em Salvador, onde se licenciou em Letras Neolatinas (1952). Iniciou a vida universitária ensinando Língua e Literatura Italiana na Universidade Federal da Bahia, depois de ter feito um estágio na Itália como bolsista. É mestre em Teoria Literária e Doutora em Letras. Possui os títulos de Pós-Doutorado e Livre Docência pela Universidade Federal do Rio de Janeiro. É também professora emérita da Universidade Federal do Rio de Janeiro.

Poetisa, contista, romancista, ensaísta, tradutora, conferencista, venceu vários prêmios literários, como o Concurso de Contos do Estado do Paraná, 1978, e o Concurso Nacional de Romance do Governo do Estado de Santa Catarina, Prêmio Cruz e Sousa, 1982.

Alguns de seus livros publicados: *Corpo no cerco*, (Tempo Brasileiro, 1978, poesia); *Maramar* (Tempo Brasileiro, 1980, poesia); *Os provisórios* (Antares, 1980, contos); *Mulher no espelho* (Fundação Catarinense de Cultura, 1987, romance); *Jeremias, a palavra poética* (José Olympio, 1979, ensaio) e *O lírico e o trágico em Leopardi* (Perspectiva, 1980, ensaio).

O ESPAÇO DA RUA E DA NOITE

João do Rio sinalizou o início do século XX brasileiro com o arrebatamento de uma personalidade literária ardente e controvertida, que lhe propiciou inimigos e incondicionais admiradores, chegando mesmo a receber uma consagração não comum a escritores vivos no Brasil. No entanto, após a morte, caiu injustamente no esquecimento, a ponto de seus livros, há muito esgotados, não terem sido reeditados na maioria.

Entre os poucos autores que se dedicaram ao estudo de sua obra, quero lembrar Inaldo Lyra Neves-Manta, com *A arte e a neurose de João do Rio* (Pongetti, 1947, 3ª ed.), baseado numa visão psiquiátrica, analisando a obra em junção da psiconeurose do escritor, e Carmen Lúcia Tindó Secco, com *Morte e prazer em João do Rio* (Francisco Alves, 1978), que faz uma abordagem social e psicanalítica e insere o texto no jogo dos valores culturais dominantes.

Vida vertiginosa, agitada, sofrida, gloriosa, João do Rio a transcorreu no Rio de Janeiro da *Belle Époque*, cidade que amou e tematizou na reportagem, na crônica e na ficção. O ambiente carioca das duas primeiras décadas do século constituiu sua matéria permanente, através dos múltiplos aspectos observados minuciosamente e internalizados, para depois virem nos seus escritos.

No Brasil, duas experiências caracterizavam a nova época – a república e o processo de industrialização. Os antigos aristocratas, ante a tendência democratizante, reagiram contra a deselitização advinda com a ascensão das massas. Da mesma forma que anteriormente na Inglaterra e na França, no Brasil deu-se a entrada da figura do dândi, ávido por compensar as perdas sofridas no seu *status*, na medida em que se obstinava em se sobrepor às massas, por uma urgência de distinção e originalidade. Na ostentação de uma superioridade que se nutre de aparências, o dândi prima pela elegância, pelo refinamento, pelos gestos estudados, com o objetivo de surpreender e chamar a atenção sobre sua pessoa.

Entre os personagens típicos de João do Rio figura o dândi, inserido na sua ambiência chique, acompanhado de belas mulheres sofisticadas, usufruindo os prazeres mundanos. Se de um lado o autor penetra nesse estrato de sociedade, do outro lado se ocupa com a população pequena e miúda: operários, vendedores ambulantes, trapeiros, tatuadores, criminosos, meretrizes, gigolôs, fumadores de ópio, mendigos. Ora as maravilhas da Rua do Ouvidor em todo o seu apogeu e os requintes dos bairros grã-finos, ora a sujeira e a promiscuidade dos becos e das ruelas de cheiro pouco recomendável. Mas sempre a cidade e a rua.

Em geral, as cenas dos livros de João do Rio se passam na rua ou num prolongamento da rua, como confeitarias, clubes, bares, restaurantes, cafés, bordéis. Quase nunca a casa. Vou considerar rua e casa na qualidade de categorias sociológicas, estudadas por Roberto da Matta (*Carnavais, malandros e heróis*, Zahar, 1979) ao analisar a oposição básica. A rua indica fundamentalmente o mundo, com os imprevistos e as paixões, enquanto a casa se refere a uma realidade controlada, em que cada coisa ocupa o seu lugar certo. Na rua encontramos novidade, movimento, ação. Na casa reinam ordem, calma, afeto. Em casa, as relações se regem normalmente pela hierarquia do sexo e da idade, ao passo que na rua esse relacionamento se dilui e se anula. A rua é o local público, dirigido pelo "Governo" ou pelo "Destino" , essas forças impessoais que nos escapam do domínio, onde se acham os personagens perigosos, malandros e marginais. Tudo que diz respeito a cuidados e recuperação do corpo e que implica descanso e renovação, se associa a casa.

João do Rio é o escritor da rua, com sua periculosidade e suas paixões.

Chama-nos a atenção o fato de um dos livros de crônicas imitular-se *A alma encantadora das ruas*, centralizando o grande tema, que leva o autor a afirmar a existência da alma das ruas, na esperança de que sua psicologia seja compreendida, seu mistério ouvido. Segundo João do Rio, a alma da rua só se faz inteiramente sensível a horas tardias. E aqui surge minha primeira alusão à noite. A rua e a noite. Em torno desses dois eixos gravita o texto de João do Rio. A noite traz a carga simbólica de substância maléfica, de caos, impureza, vício, perdição, mistério, medo.

A noite e a rua confluem na problemática desse criador de personagens mórbidos, neuróticos, sádicos, jogadores, alcoólatras, suicidas, homossexuais, hiperistéricos, defloradores de adolescentes, cleptomaníacos, em uma palavra, viciados de toda espécie, que diante da própria aberração adotam atitudes de cinismo ou desespero. Muito significativo registrar que o principal livro de contos de João do Rio se intitula *Dentro da noite*, de onde selecionei a maior parte dos contos desta antologia.

O primeiro conto, que dá título ao livro, narra uma trama de perversão sexual, em que o personagem se delicia no prazer de enterrar alfinetes nos braços da noiva. O conto se inicia com a alusão à casa da moça, que acabara de fechar os salões, após o rompimento do noivado. Essa imagem da casa que se fecha, apresentada no primeiro parágrafo do livro, sugere simbolicamente a abertura do espaço da rua.

Enquanto a casa cultua o equilíbrio, a rua anuncia a desmedida. A maioria dos personagens de João do Rio aparece estigmatizada por uma existência descontrolada e excepcional, fora dos parâmetros da normalidade.

Em várias passagens do livro, verifica-se o abuso de termos que remetem para o significado de desmedida e excesso, expondo-nos o estado de nervos à flor da pele em que vivem essas criaturas pertencentes à rua e à noite, num implacável anseio, na busca inútil de um bem que não encontram na casa nem tampouco encontrarão na rua, muito menos na noite. O autor insiste no uso de certas palavras (inclusive de seus derivados), tais como horror, pavor, terror, nervo, neurose, neurastenia, acesso, desequilíbrio, histeria, desespero, delírio, extravagância, transporte, excitação, frenesi, obsessão, alucinação, exasperação, excesso.

Em geral, quando a ação se passa no interior da casa, ao invés do espaço de proteção, compõe-se o ambiente de tortura e desespero. O conto "Coração" se inicia com a chegada à casa de um pai que toma conhecimento da súbita febre da filha. A esposa histérica tornara a vida doméstica insuportável e quando a criança morre, ao final de longos dias de angústia, o pai também morre. O conto soa piegas e se mostra estruturado frouxamente, como se o autor não se sentisse à vontade para manejar aquele tema. Porém, mesmo aqui, a medida é a desmedida: no amor do pai, na inconsistência da mãe.

O conto "O bebê de tarlatana rosa" narra uma aventura vivida no carnaval. O carnaval representa o grau máximo de desmedida, do descontrole, dos desejos bestiais encontrados na rua e na noite. A mulher fantasiada de bebê resume a frustração de quem conduz a busca desesperada de um bem impossível. Após uma longa caminhada por dentro da noite, no auge de abraços e beijos, Heitor de Alencar arranca o nariz postiço que a mulher usava e descobre, enojado e horrorizado, um rosto deformado, uma caveira com carne.

"O carro da Semana Santa" traz-nos um personagem que sai apenas uma vez por ano, para circular nas sombras e matar o furor de um desejo sexual insaciável. Na noite de Quinta-feira Santa, uma mulher percorre as ruas, escondida dentro de uma sinistra berlinda negra, conduzida por um não menos sinistro cocheiro. A pessoa que vai dentro da berlinda permanece invisível e inaudível, apesar de seu olhar penetrar a noite de outros seres e sua voz chegar a eles com tal magnetismo que não resistem e se deixam tragar no rápido abrir da portinhola. A dama invisível e inaudível procura satisfazer seu delirante apetite de fêmea voraz. Este, mais que os outros, assume todos os riscos e traços dos personagens da noite e da rua sem nome, sem rosto, sem identidade e, sobretudo, nem sequer sabemos se fala. A mulher inaudível não parece fazer uso da marca distintiva do ser humano, a linguagem, só lhe sobrando a animalidade doente de quem vive no obscurecimento da compreensão do seu ser. Não se trata do silêncio pleno de possibilidades que ultrapassa a palavra, mas da mudez esvaziada, sem forças para alcançar a condição de signo.

O outro volume escolhido para esta seleção foi *A mulher e os espelhos* que, a meu ver, não leva tão longe os excessos patológicos de *Dentro da noite*, mas prossegue neuroticamente na exploração doentia do espaço da rua e do tempo da noite. Permanece o contraste marcante dos ambientes requintados em oposição à sordidez, à modéstia ou à miséria dos locais desfavorecidos.

O conto "D. Joaquina" apresenta o fino e elegante Augusto Guimarães a usufruir o mórbido prazer de frequentar lugares equívocos do baixo meretrício, para observar na rua o comportamento das mulheres perdidas e as cenas de luxúria e abjeção entre elas e os trabalhadores braçais. Ele se comprazia em olhar as prostitutas velhas, de faces encarquilhadas e perfis chupados, notando-se a insistência com que o autor se detém nos sentimentos de repugnância e nojo que atraíam o personagem.

"A menina amarela" explora o deleite doentio do distinto Pedro de Alencar, notável por suas aristocracias e elegâncias inatas, mas que se embevece ante as vulgaridades de um bordel desclassificado. Ali ele mergulha na atmosfera de "animalidade vestida", desprovida do menor vestígio de pudor e sentimento. O refinamento e a degradação novamente se acoplam na violência do choque que denuncia a marca escusa da doença.

"A aventura de Rozendo Moura" nos oferece um exemplo de alucinação vivido durante um carnaval e, mais uma vez, nos faz pensar no máximo de desmedida a que se pode chegar nessa festa anual, conforme já se constatou em "O bebê de tarlatana rosa". O apurado Rozendo protege uma mulher que sofre as perseguições do amante monstruoso e passa por momentos de pavor e pânico, percorrendo em desatinada fuga as ruas enlouquecidas.

Os sentimentos anormais e as obsessões atravessam as páginas desses dois livros, *Dentro da noite* e *A mulher e os espelhos*, em que a cidade grande se faz o cenário de quase todos os episódios. João do Rio nos expõe o Rio de Janeiro do começo do século, atacado pela mania de progresso e pela imitação dos costumes importados de Paris e Londres. Os personagens, desgastados no artificialismo de uma sociedade sedenta de prazeres, são produtos da crise da cultura, portadora da constatação de que todos os valores da tradição não passavam de engodo. Nesse quadro se localizam o amoralismo do dândi e a permissividade dos ambientes requintados.

Os personagens desses contos, vivendo tão distantes do espaço luminoso da casa, mergulham na incerteza da rua e no esvaziamento da noite, cada vez mais longe daquilo que buscam, sem mesmo saber que estão buscando – a própria verdade. Na medida em que perderam o caminho, se debatem no escuro. Quanto mais se afastam da luz da casa, mais se adentram na noite da rua.

E agora vamos lembrar uma simbolização de casa que nos encaminhará em direção a um melhor entendimento do texto de João do Rio. A palavra morada, em Santa Teresa e nos Upanishads, aparece com o significado de sede definitiva na iluminação interior. A casa sugere, pois, imagens do espaço bem-aventurado, do centro paradisíaco, ao passo que a rua nos precipita nos tormentos infernais e nas tramas diabólicas. Os personagens de João do Rio ignoram que sua angústia se mede pelo grau de seu distanciamento da verdade.

Não podemos escapar da oposição em que a luz funda a limpidez da verdade, enquanto a escuridão engendra o embaçamento da mentira. O dia está para a casa, assim como a noite está para a rua.

Os personagens de João do Rio, enfrentando os perigos da rua, simbolizam o homem do nosso tempo apocalíptico, cada vez mais afastado da verdade originária. A luz faculta a visão da verdade. A treva reforça a ilusão da aparência. Mas a treva pressupõe a luz, o dia só existe a partir da noite, a casa requer a rua e a saúde compõe o outro lado da doença. A realidade é una e flui como as águas luminosas de um rio. A rua é um rio cintilante que flui entre as margens das casas. João do Rio sabe João da Rua. A rua é o rio? A noite é o dia? A rua acaba no começo da casa. João do Rio conhece que a sua noite traz a espera do dia. A rua esconde o desejo da casa. E, no fluir do rio, tudo é uno.

Helena Parente Cunha

CONTOS

DENTRO DA NOITE

DENTRO DA NOITE

– Então causou sensação?
– Tanto mais quanto era inexplicável. Tu amavas a Clotilde, não? Ela coitadita! parecia louca por ti e os pais estavam radiantes de alegria. De repente, súbita transformação. Tu desapareces, a família fecha os salões como se estivesse de luto pesado. Clotilde chora... Evidentemente havia um mistério, uma dessas coisas capazes de fazer os espíritos imaginosos arquitetarem dramas horrendos. Por felicidade, o juízo geral é contra o teu procedimento.
– Contra mim?
Podia ser contra a pureza da Clotilde.
Graças aos deuses, porém, é contra ti. Eu mesmo concordaria com o Prates que te chama velhaco, se não viesse encontrar o nosso Rodolfo, agora, às onze da noite, por tamanha intempérie metido num trem de subúrbio com o ar desvairado...
– Eu tenho o ar desvairado?
– Absolutamente desvairado.
– Vê-se?
– É claro. Pobre amigo! Então, sofreste muito? Conta lá. Estás pálido, suando apesar da temperatura fria, e com um olhar tão estranho, tão esquisito. Parece que bebeste e que choraste. Conta lá. Nunca pensei encontrar o Rodolfo Queirós, o mais elegante artista desta terra, num trem de subúrbio, às onze de uma noite de temporal. É curioso. Ocultas os pesares nas matas suburbanas? Estás a fazer passeios de vício perigoso?

O trem rasgara a treva num silvo alanhante, e de novo cavalava sobre os trilhos. Um sino enorme ia com ele badalando, e pelas portinholas do vagão viam-se, a marginar a estrada, as luzes das casas ainda abertas, os silvedos empapados d'água e a chuva lastimável a tecer o seu infindável véu de lágrimas. Percebi então que o sujeito gordo da banqueta próxima – o que falava mais – dizia para o outro:
– Mas como tremes, criatura de Deus! Estás doente?
O outro sorriu desanimado.
– Não; estou nervoso, estou com a maldita crise.
E como o gordo esperasse:
– Oh! meu caro, o Prates tem razão! E teve razão a família de Clotilde e tens razão tu cujo olhar é de assustada piedade. Sou um miserável desvairado, sou um infame desgraçado.
– Mas que é isto, Rodolfo?
– Que é isto! É o fim, meu bom amigo, é o meu fim. Não há quem não tenha o seu vício, a sua tara, a sua brecha. Eu tenho um vício que é positivamente a loucura. Luto, resisto, grito, debato-me, não quero, não quero, mas o vício vem vindo a rir, toma-me a mão, faz-me inconsciente, apodera-se de mim. Estou com a crise. Lembras-te da Jeanne Dambreuil quando se picava com morfina? Lembras-te do João Guedes quando nos convidava para as *fumeries* de ópio? Sabiam ambos que acabavam a vida e não podiam resistir. Eu quero resistir e não posso. Estás a conversar com um homem que se sente doido.
– Tomas morfina, agora? Foi o desgosto decerto...
O rapaz que tinha o olhar desvairado perscrutou o vagão. Não havia ninguém mais – a não ser eu, e eu dormia profundamente... Ele então aproximou-se do sujeito gordo, numa ânsia de explicações.
– Foi de repente, Justino. Nunca pensei! Eu era um homem regular, de bons instintos, com uma família honesta. Ia casar com a Clotilde, ser de bondade a que amava perdidamente. E uma noite estávamos no baile das Praxedes, quando a Clotilde apareceu decotada, com os braços nus. Que braços! Eram delicadíssimos, de uma beleza ingênua e comovedora,

meio infantil, meio mulher – a beleza dos braços das Oreadas pintadas por Botticelli, misto de castidade mística e de alegria pagã. Tive um estremecimento. Ciúmes? Não. Era um estado que nunca se apossara de mim: a vontade de tê-los só para os meus olhos, de beijá-los, de acariciá-los, mas principalmente de fazê-los sofrer. Fui ao encontro da pobre rapariga fazendo um enorme esforço, porque o meu desejo era agarrar-lhe os braços, sacudi-los, apertá-los com toda a força, fazer-lhes manchas negras, bem negras, feri-las... Por quê? Não sei, nem eu mesmo sei – uma nevrose! Essa noite passei-a numa agitação incrível. Mas contive-me. Contive-me dias, meses, um longo tempo, com pavor do que poderia acontecer. O desejo, porém, ficou, cresceu, brotou, enraizou-se na minha pobre alma, No primeiro instante, a minha vontade era bater-lhe com pesos, brutalmente. Agora a grande vontade era de espetá-los, de enterrar-lhes longos alfinetes, de cosê-los devagarinho, a picadas. E junto de Clotilde, por mais compridas que trouxesse as mangas, eu via esses braços nus como na primeira noite, via a sua forma grácil e suave, sentia a finura da pele e imaginava o súbito estremeção quando pudesse enterrar o primeiro alfinete, escolhia posições, compunha o prazer diante daquele susto de carne que havia de sentir.

– Que horror!

– Afinal, uma outra vez, encontrei-a na *sauterie* da viscondessa de Lajes, com um vestido em que as mangas eram de gaze. Os seus braços – oh! que braços, Justino, que braços! – estavam quase nus. Quando Clotilde erguia-os, parecia uma ninfa que fosse se metamorfoseando em anjo. No canto da varanda, entre as roseiras, ela disse-me: "Rodolfo, que olhar o seu. Está zangado?" Não foi possível reter o desejo que me punha a tremer, rangendo os dentes. – "Oh! não! fiz. Estou apenas com vontade de espetar este alfinete no seu braço." Sabes como é pura a Clotilde. A pobrezita olhou-me assustada, pensou, sorriu com tristeza: – "Se não quer que eu mostre os braços por que não me disse há mais tempo, Rodolfo? Diga, é isso que o faz zangado?" – "É, é isso, Clotilde." E rindo – como esse riso devia parecer idiota! – continuei: "É preciso pagar ao meu ciúme a sua dívida de sangue. Deixe espetar o alfinete." – "Está louco, Rodolfo?" – "Que tem?" – "Vai fazer-me doer." – "Não dói." – "E o sangue?" – "Beberei essa gota de sangue como a ambrosia do esquecimento." E dei por mim, quase de joelhos, implorando, suplicando, inventando frases, com um gosto de sangue na boca e as fontes a bater, a bater... Clotilde por fim estava atordoada, vencida, não compreendendo bem se devia ou não resistir. Ah! meu caro, as mulheres! Que estranho fundo de bondade, de submissão, de desejo, de dedicação inconsciente tem uma pobre menina! Ao cabo de um certo tempo, ela curvou a cabeça, murmurou num suspiro: "Bem. Rodolfo, faça... mas devagar, Rodolfo! Há de doer tanto!" E os seus dois braços tremiam.

Tirei da botoeira da casaca um alfinete, e nervoso, nervoso como se fosse amar pela primeira vez, escolhi o lugar, passei a mão, senti a pele macia e enterrei-o. Foi como se fisgasse uma pétala de camélia, mas deu-me um gozo complexo de que participavam todos os meus sentidos. Ela teve um ah! de dor, levou o lenço ao sítio picado, e disse, magoadamente: "Mau!"

– Ah! Justino, não dormi. Deitado, a delícia daquela carne que sofrera por meu desejo, a sensação do aço afundando devagar no braço da minha noiva, dava-me espasmos de horror! Que prazer tremendo! E apertando os varões da cama, mordendo a traves se ira, eu tinha a certeza de que dentro de mim rebentara a moléstia incurável. Ao mesmo tempo em que forçava o pensamento a dizer: nunca mais farei essa infâmia! todos os meus nervos latejavam: voltas amanhã; tens que gozar de novo o supremo prazer! Era o delírio, era a moléstia, era o meu horror...

Houve um silêncio. O trem corria em plena treva, acordando os campos com o desesperado badalar da máquina. O sujeito gordo tirou a carteira e acendeu uma cigarreta.

– Caso muito interessante, Rodolfo. Não há dúvida de que é uma degeneração sexual, mas o altruísmo de S. Francisco de Assis também é degeneração e o amor de Santa Tereza não foi outra coisa. Sabes que Rousseau tinha pouco mais ou menos esse mal? É mais um tipo a enriquecer a série enorme dos discípulos do marquês de Sade. Um homem de espírito já definiu o sadismo; a depravação intelectual do assassinato. É um Jack hipercivilizado, contenta-se com enterrar alfinetes nos braços. Não te assustes.

O outro resfolegava, com a cabeça entre as mãos.

– Não rias, Justino. Estás a tecer paradoxos diante de uma criatura já do outro lado da vida normal. É lúgubre.

– Então continuaste?

– Sim, continuei, voltei, imediatamente. No dia seguinte, à noitinha, estava em casa de Clotilde, e com um desejo louco, desvairado. Nós conversávamos na sala de visitas. Os velhos ficavam por ali a montar guarda. Eu e a Clotilde íamos para o fundo, para o sofá. Logo ao entrar tive o instinto de que podia praticar a minha infâmia na penumbra da sala, enquanto o pai conversasse. Estava tão agitado que o velho exclamou: – "Parece, Rodolfo, que vieste a correr para não perder a festa."

Eu estava louco, apenas. Não poderás nunca imaginar o caos da minha alma naqueles momentos em que estive a seu lado no sofá, o maelstrom de angústias, de esforços, de desejos, a luta da razão e do mal, o mal que eu senti saltar-me à garganta, tomar-me a mão, ir agir, ir agir... Quando ao cabo de alguns minutos acariciei-lhe na sombra o braço, por cima da manga, numa carícia lenta que subia das mãos para os ombros, entre os dedos senti que já tinha o alfinete, o alfinete pavoroso. Então fechei os olhos, encolhi-me, encolhi-me, e finquei. Ela estremeceu, suspirou. Eu tive logo um relaxamento de nervos, uma doce acalmia. Passara a crise com a satisfação, mas sobre os meus olhos os olhos de Clotilde se fixaram enormes e eu vi que ela compreendia vagamente tudo, que ela descobria o seu infortúnio e a minha infâmia. Como era nobre, porém! Não disse uma palavra. Era a desgraça. Que se havia de fazer?...

Então depois, Justino, sabes? foi todo o dia. Não lhe via a carne mas sentia-a marcada, ferida. Cosi-lhe os braços! Por último perguntava: – "Fez sangue, ontem?" E ela pálida e triste, num suspiro de rola: "Fez"... Pobre Clotilde! A que ponto eu chegara, na necessidade de saber se doera bem, se ferira bem, se estragara bem! E no quarto, à noite, vinham-me grandes pavores súbitos ao pensar no casamento porque sabia que se a tivesse toda havia de picar-lhe a carne virginal nos braços, no dorso, nos seios... Justino, que tristeza!...

De novo a voz calou-se. O trem continuava aos solavancos na tempestade, e pareceu-me ouvir o rapaz soluçar. O outro porém estava interessado e indagou:

– Mas então como te saíste?

– Em um mês ela emagreceu, perdeu as cores. Os seus dois olhos negros ardiam aumentados pelas olheiras roxas. Já não tinha risos. Quando eu chegava, fechava-se no quarto, no desejo de espaçar a hora do tormento. Era a mãe que a ia buscar. "Minha filha, o Rodolfo chegou. Avia-te." E ela de dentro: "Já vou, mãe". Que dor eu tinha quando a via aparecer sem uma palavra! Sentava-se à janela, consertava as flores da jarra, hesitava, até que sem forças vinha tombar a meu lado, no sofá, como esses pobres pássaros que as serpentes fascinam. Afinal, há dois meses, uma criada viu-lhe os braços, deu o alarme. Clotilde foi interrogada, confessou tudo numa onda de soluços. Nessa mesma tarde recebi uma carta seca do velho desfazendo o compromisso e falando em crimes que estão com penas no código.

– E fugiste?

– Não fugi; rolei, perdi-me. Nada mais resta do antigo Rodolfo. Sou outro homem, tenho outra alma, outra voz, outras ideias. Assisto-me endoidecer. Perder a Clotilde foi para mim o soçobramento total. Para esquecê-la percorri os lugares de má fama, aluguei por muito dinheiro a dor das mulheres infames, frequentei alcouces. Até aí o meu perfil foi dentro em pouco o terror. As mulheres apontavam-me a sorrir, mas um sorriso de medo, de horror.

A pedir, a rogar um instante de calma eu corria às vezes ruas inteiras da Suburra, numa enxurrada de apodos. Esses entes querem apanhar do amante, sofrem lanhos na fúria do amor, mas tremem de nojo assustado diante do ser que pausadamente e sem cólera lhes enterra alfinetes. Eu era ridículo e pavoroso. Dei então para agir livremente, ao acaso, sem dar satisfações, nas desconhecidas. Gozo agora nos tramways, nos music-halls, nos comboios dos caminhos de ferro, nas ruas. É muito mais simples. Aproximo-me, tomo posição, enterro sem dó o alfinete. Elas gritam, às vezes. Eu peço desculpa. Uma já me esbofeteou. Mas ninguém descobre se foi proposital. Gosto mais das magras, as que parecem doentes.

A voz do desvairado tomara-se metálica, outra.

De novo porém a envolveu um tremor assustado.

– Quando te encontrei, Justino, vinha a acompanhar uma rapariga magrinha. Estou com a crise, estou... O teu pobre amigo está perdido, o teu pobre amigo vai ficar louco...

De repente, num entrechocar de todos os vagões o comboio parou. Estávamos numa estação suja, iluminada vagamente. Dois ou três empregados apareceram com lanternas rubras e verdes. Apitos trilaram. Nesse momento, uma menina loira com um guarda-chuva a pingar, apareceu, espiou o vagão, caminhou para outro, entrou. O rapaz pôs-se de pé logo.

– Adeus.

– Saltas aqui?

– Salto.

– Mas que vais fazer?

– Não posso, deixa-me! Adeus!

Saiu, hesitou um instante. De novo os apitos trilaram. O trem teve um arranco. O rapaz apertou a cabeça com as duas mãos como se quisesse reter um irresistível impulso. Houve um silvo. A enorme massa resfolegando rangeu por sobre os trilhos. O rapaz olhou para os lados, consultou a botoeira, correu para o vagão onde desaparecera a menina loira. Logo o comboio partiu. O homem gordo recolheu a sua curiosidade, mais pálido, fazendo subir a vidraça da janela. Depois estendeu-se na banqueta. Eu estava incapaz de erguer-me, imaginando ouvir a cada instante um grito doloroso no outro vagão, no que estava a menina loira. Mas o comboio rasgara a treva com o outro silvo, cavalgando os trilhos vertiginosamente. Através das vidraças molhadas viam-se numa correria fantástica as luzes das casas ainda abertas, as sebes empapadas d'água sob a chuva torrencial. E à frente, no alto da locomotiva, como o rebate do desespero, o enorme sino reboava, acordando a noite, enchendo a treva de um clamor de desgraça e de delírio.

EMOÇÕES

– Ontem, às 6 horas da tarde, fui buscar ao club da rua do Passeio o velho barão Belfort, que me prometera mostrar, três dias antes, sua cara coleção de esmaltes árabes. O barão jogava e perdia com um moço febril, que à lapela trazia um crisântemo amarelo, da cor da sua tez. Ao ver-me, disse amavelmente:
 – Estamos a jogar. O Oswaldo ganha como um inglês e com a alucinação de um brasileiro. Estou perdendo e apreciando este bom Oswaldo, que ainda tem emoções.

Os seus olhares seguiam, frios e argutos, o jogo do bom Oswaldo, e, a cada cartada, tamborilando os dedos na mesa, Belfort sorria um sorriso mau, entre desconfiado e satisfeito. De repente, porém, as pupilas acenderam-se-lhe. Pôs as duas mãos nervosas na mesa, e perguntou, enquanto mais pálido o moço estacava:
 – E tu não jogas?
 – Não.
 – Fazes bem. Um escritor do tempo de Balzac dizia que o jogo era para a mocidade o veneno da perdição. O veneno! ora vê tu, o veneno!
  Sorriu com delicadeza.
 – O Oswaldo permite? Vou embora sem mais um real. Até amanhã. E não deixe de tomar água de flor de laranja...
  Levantou-se, mirou as unhas brunidas, mirou a gravata, e saiu, deixando o jovem só naquele salão que o pleno verão tornara deserto. Acompanhei-o, não sem olhar para trás. O

moço pendia a cabeça na sombra, e assim pálido, como um pálido crisântemo, os seus olhos tinham chispas de susto e de prazer. Embaixo, no vestiário, o barão deixou que lhe enfiassem o paletó, mandou chamar o *coupé*, e partimos discretamente, sob a tarde luminosa e cor de pérola Belfort aconchegou-se à almofada de cetim malva, acendeu uma cigarrilha do Egito com o seu monograma em ouro e, enquanto o carro rodava, indagou:

– Que tal achaste o Oswaldo? É o meu estudo agora. Havia meia hora que me roubava escandalosamente... Não lhe disse nada. Ainda é possível salvá-lo...

– Quer perdê-lo? indaguei habituado às excentridades desse álgido ser.

– Oh! não, quero gozá-lo. Tu sabes, o homem é um animal que gosta. O gosto é que varia. Eu gosto de ver as emoções alheias, não chego a ser o bisbilhoteiro das taras do próximo, mas sou o gozador das grandes emoções de em torno. Ver sentir, forçar as paixões, os delírios, os paroxismos sentimentais dos outros é a mais delicada das observações e a mais fina emoção.

– Oh! ser horrível e macabro!

– Seja; horrível, macabro, mas delicado. É por isso que eu não quero perder o Oswaldo, quero apenas gozá-lo. Preciso não limitar a minha ação humana aos passeios pelo Oriente, às coleções autênticas e a alguns deboches nos restaurantes de grão tom. Mas daí a perdê-lo, *c'est trop fort...*

– Pois não imagina o mal que fez ao pobre Oswaldo. O rapaz estava horrivelmente pálido!

– Tal qual como o outro. Que exemplar, meu caro! que caso admirável! Esse pequeno há seis meses odiava o víspora. Hoje tem a voracidade de ganhar, e tamanha que já rouba. Amanhã arde, queima, rebenta numa banca de jogo. Ah! o jogo! É o único instinto de perdição que ainda desencadeia tempestades nos nervos da humanidade. O Oswaldinho é tal qual o outro, o chinês, a minha última observação.

– O chinês?

Belfort soprou o fumo da cigarrilha, sorrindo.

– Imagina que vai para um ano fui apresentado a um rapaz chamado Praxedes, filho de uma chinesa e de um negociante português em Macau.

O homem falava inglês, estava no comércio e vinha de Shangai, com um carregamento de poterias e bronzes por contrabando, para vender. Simpatizei com ele. Era imberbe, ativo, paciente, dizia a cada instante frases amáveis e casara com uma interessante rapariga, a Clotilde – Clô para os íntimos. Conversou da China, dos *boxers*, confessou o contrabando e levou-me a vê-lo. Que vida feliz a daquele casal!

O Praxedes saía pela manhã, trabalhava, voltava para o jantar e não se largava mais de junto da Clô. Não tinha um vício, nunca tivera um vício, era um chinês espantoso, sem dragões e sem vícios! Estudei-o, analisei-o. Nada. Legislativamente moral.

Uma noite em que o convidara para jantar, jogávamos. Adivinharia alguém que cratera esperava o momento de rebentar nessa alma tranquila? A senhora, a Clotilde, cantava no meu piano, com voz triste, a ária do suicídio da detestável *Gioconda*. Eu estava receoso que depois surgissem variações sobre o bailado das Horas. Disse-lhe despreocupado – "Quer jogar?" – "Não sei". "É sempre agradável ensinar mesmo o vício". – "Então ensine". Pegou das cartas, olhou-as indiferente, mas as minhas palavras ouvia-as desvanecedoramente. Jogamos a primeira partida. Os seus olhos começaram a luzir. Jogamos outra. – "Mas isso assim sem dinheiro? Ponhamos dois tostões", – "Pois seja". Perdi. "Redobra-se a parada?" – "Oito tostões?" – "Sim". – "Pois seja". À meia-noite jogávamos a dez mil-réis, e Clotilde, muito cansada, já sem cantar, fazia inúteis esforços para o arrancar à mesa.

Deitei-me sem conclusões, e só no dia seguinte, quando o chinês enleado apareceu pedindo outra partida, é que compreendi o assombro. A paixão estalara, – a paixão voraz, que corrói, escorcha, rebenta... Invejei-o, e, como homem delicado, joguei e perdi. No outro dia, Praxedes voltou. Levei-o ao club à roleta, donde saiu a ganhar pela madrugada.

Ah! meu caro, que cena! que fina emoção! O jogo, quando empolga, domina e envolve o homem, é o mais belo vício da vida, é o enlouquecedor espetáculo de uma catástrofe sempre iminente, de um abismo em vertigem. O chinês era patético. Com os dedos trêmulos, assoando-se de vez em quando, os olhos embaciados, quase vítreos, o Praxedes rouquejava num estertor silvante que parecia agarrar-se desesperadamente à bola: 27, 15, 2ª dúzia! 27, 15, 2ª dúzia! E a bola corria, e a alma do pobre esfacelava-se na corrida, esforçando-se, puxando-a para o número desejado, num esforço que o tornava roxo...

Jantei no club só para não perder algumas horas o interesse desse espetáculo. Também durante três dias e três noites. Praxedes não deixou a roleta. Estava pálido, fraco. A gente do club, vendo-o ganhar, ganhar mesmo uma fortuna, já o tratava de dom Praxedes. Ao cabo de uma semana, entretanto, a chance desandou. Praxedes começou a perder bruscamente com gestos de alucinado, espalhando as fichas como quem arranca pedaços da própria carne.

– "Calma, meu caro, dizia-lhe eu". – " Impossível! impossível!" murmurava ele.

Pediu-me dinheiro, dei-o, pediu a outros, deram-lho. Pediu mais – deixou de ser o dom Praxedes, recebeu recusas brutas. Acabou não voltando mais ao club. Eu, porém, sentia-o em outros antros, definitivamente preso à sua cruz de horror, à cruz que cada homem tem de carregar na vida...

Certa noite, meses depois, encontrei-o numa batota da rua da Ajuda, com o fato enrugado e a gravata de lado. Correu para mim, "Foi Deus que o trouxe. Estou farto de peruar. Isto de mirone não me serve. Empreste-me cinquenta mil-réis para arrumar tudo no 00. Ah! está dando hoje escandalosamente. Faremos uma vaca? Vai dar pela certa."

Agarrou a nota como um desesperado, precipitou-se na roda que cercava o *tableau* da direita: "Tenho aqui cincoentão; esperem!" E caiu por cima dos outros, com o braço esticado.

O duble-zero falhou. Ele voltou cínico: "É preciso insistir; deixe ver mais algum. Não dá? Olhe, escute aqui, hipoteco-lhe uma mobília de quarto, serve?"

— Compreendi então a descabida vertigem daquela queda. Tive pena.
Arrastei-o quase à força para a rua, fi-lo contar-me a vida. Estava desempregado, abandonara o emprego, vendera o mobiliário, as joias da Clô, os vestidos, as roupas, mudara-se para uma casa menor e alugara a sala da frente. A cábula, a má sorte, a *guigne* perseguiam-no, e, pendido ao meu braço o miserável soluçava: – "Havemos de melhorar, empreste-me algum. Estou sem níquel!"
Deixei-o sem níquel, mas fui ao outro dia ver a Clotilde, uma flor de beleza, com os olhos vermelhos de chorar e as roupas já estragadas. Ia sair, arranjar dinheiro... – "E seu marido?" – "Meu marido está perdido. Anda por aí a jogar. Há dois dias não o vejo; hoje não comi..." – "Abandone-o!" – "Abandoná-lo eu? E a sociedade, e ele? Que seria dele?" – "Ora, ele!" – "Ele ama-me, ama-me como dantes. Mas que quer? Veio-lhe a desgraça. Às vezes brigo, mas ele diz-me: Ai! Clô, que hei de fazer? É uma força, uma força que me puxa os músculos. Parece que desenrolaram uma bola de aço dentro de mim, tenho de jogar. E cai em prantos, por aí, tão triste, tão triste que até lhe vou arranjar dinheiro, que saio a pedir..."
É espantoso, pois não? O homem tinha uma bola de aço e a fidelidade da mulher! Só esses seres especiais conseguem coisas tão difíceis!
Um instante o barão calou-se. O *coupé* rolava pela praia, e a noite, caindo, desdobrava por sobre o mar a talagarça fuliginosa das primeiras sombras. – Respeitei a Clotilde, por sistema, já assustado com as proporções emocionais do marido. Ao outro dia, porém, Praxedes, com sorrisinhos equívocos na face escaveirada: "Esteve com a Clô, hein? Conservada apesar da desgraça, a minha mulherzinha, pois não?..." Recuei assombrado. Aquele homem bom, digno no fundo, aquele homem que amava a mulher, para arranjar dinheiro com que satisfazer as cartas e a roleta, mercandejava-a aberta, cínica, despejadamente. – "Que queres tu? indaguei áspero, tem vergonha, vai, some-te!"
"Eu hipoteco uma mobília. Só quinhentos, só quinhentos!"

Era a alucinação. Corri-o, e esperei ansioso, como quem espera o final de uma tragédia, porque tinha a certeza do paroxismo daquele vício. Afinal há de haver seis meses, antes do meu encontro com o Oswaldo, li, na cama às 3 da manhã, este bilhete desesperado: "Venha. Praxedes matou-se. Estou sem ninguém. Acuda-me. – Clô".

Ai! menino, não sei o que senti. A minha vontade era ver, era saber, era acabar logo. Precipitei-me. Quando cheguei, às voltas com a polícia que queria levar o corpo para o Necrotério, Clotilde, desgrenhada, com os lábios em sangue, caiu nos meus braços. – "Então, como foi isso?" – "Sei lá como foi! Tinha que ser! A desgraça! Estava doido. Hipotecou a mobília, os juros eram semanais. Não arranjei dinheiro e o judeu levou-a. Dormi no chão. Ontem não apareceu. Hoje estava eu a dormir quando o senti que caminhava. Risquei o fósforo. Era ele, lívido, embrulhando a casaca do casamento. Não sei o que me deu. – "Onde vais?"

– "Vou ver se arranjo uns cobres, respondeu. Preciso jogar, sinto uma ânsia, não posso mais." – "Estás doido!" Não estou, Clô, não estou, fez ele arregalando os olhos. Eu fui cruel: olha que se vendes a casaca ficas sem roupa para o enterro. Ele parou. "Para o enterro? para o meu enterro? É melhor mesmo, é melhor mesmo, eu não posso mais!" E, de repente, desesperado, começou a bater com a cabeça pelas paredes. Praxedes! Praxedes! Não faças isso! Praxedes! Gritei, solucei. Qual! Cada vez arrumava o crânio com mais força de encontro às quinas das portas. O som, ah! esse som como me ensandece! Ainda o ouço! E ele todo em sangue, todo em sangue... Agarrei-o. Arrastou-me até à janela, voltou-se, deixou-se cair em cheio com a nuca na sacada, esticou o pescoço desesperadamente e rodou...

"Oh! o horror! salve-me! salve-me!"

Abri o grupo dos agentes, fui ver Praxedes. Estava cor de cera, com a cabeça fendida e os lábios coagulados de sangue roxo. E o olhar vítreo, a mão recurva, assim, sob a luz da madrugada, pareciam seguir ainda e acompanhar o mal a que o impelira a sua bola de aço.

Esse *record* de emoção desesperada prostrou-me. Nunca vi sentir tão vertiginosamente.

O carro parara. O barão saltou, subiu devagar as escadas de mármore, enquanto no interior do palacete retiniam campainhas elétricas.

– Preciso sentir vendo os outros sentir, fez mirando-se no alto espelho do vestiário. Só assim tenho emoções. Garanto-te que o Oswaldo acaba como o chinês de Macau, mas por outro meio – com a morfina talvez. Só os chineses morrem às cabeçadas por sentir demais!

E fomos jantar tranquilamente na sua mesa florida de cravos e anêmonas brancas.

HISTÓRIA DE GENTE ALEGRE

– **O** terraço era admirável. A casa toda parecia mesmo ali pousada à beira dos horizontes sem fim como para admirá-los, e a luz dos pavimentos térreos, a iluminação dos salões de cima contrastava violenta com o macio esmaecer da tarde. Estávamos no Smart-Club, estávamos ambos no terraço do Smart-Club, esse maravilhoso terraço de vila do Estoril, dominando um lindo sítio da praia do Russel – as avenidas largas, o mar, a linha ardente do cais e o céu que tinha luminosidades polidas de faiança persa. Eram sete horas. Com o ardente verão ninguém tinha vontade de jantar. Tomava-se um aperitivo qualquer, embebendo os olhos na beleza confusa das cores do ocaso e no banho víride de todo aquele verde em redor. As salas lá em cima estavam vazias; a grande mesa de bacará, onde algumas pequenas e alguns pequenos derretiam notas do banco – a descansar. O soalho envernizado brilhava. Os divãs modorravam em fila encostados às paredes – os divãs que nesses clubes não têm muito trabalho. Os criados, vindos todos de Buenos Aires e de S. Paulo, criados italianos, marca registrada como a melhor em Londres, no Cairo, em New York, empertigavam-se. E a viração era tão macia, um cheiro de salsugem polvilhava a atmosfera tão levemente, que a vontade era de ficar ali muito tempo, sem fazer nada. Mas a noite já estendia o seu negro brocado picado de estrelas e no *pleinair* do terraço começavam a chegar os *smart-diners*. Que curioso aspecto! Havia franceses condecorados, de gestos vulgares, ingleses de smoking e parasita à lapela, americanos de casaca e também de brim branco com sapatos de jogar o *football* e o *lawn-tennis*, os elegantes cariocas com risos artificiais, risos postiços, gestos a contragosto do corpo, todos bonecos vítimas da diversão *chantecler*, os *noceurs* habituais, e os *michés* ricos ou jogadores, cuja primeira refeição deve ser o jantar, e que apareciam de olheiras, a voz pastosa, pensando no *bac chemin de fer*, no 9 de cara e nos pedidos do último *béguin*. O prédio, mais uma "vila" da bacia do Mediterrâneo, ardia na noite serena, parecia a miragem dos astros do alto; as toalhas brancas, os cristais, os baldes de cristofle tinham reflexos. Por sobre as mesas corria como uma farândola fantasista de pequenas velas com *capuchons* coloridos, e vinha de cima uma valsa lânguida, uma dessas valsas de lento inebriar, que adejam voos de mariposas e têm fermatas que parecem espasmos. No meio daquela roda de homens, que se cumprimentavam rápidos, dizendo apenas as últimas sílabas das palavras: – B'jour, Plo... deus! goo, iam chegando as *cocottes*, as modernas Aspásias da insignificância. Algumas vinham a arrastar vestidos de cinco mil francos; outras tinham atitudes simplistas dos primitivos italianos. Havia na sombra do terraço, um desfilar de figuras que lembravam Rossetti e Helleu, Mirande e Hermann-Paul, Capielo e Sem, Julião e também Abel Faivre, porque havia *cocottes* gordas, muito gordas e pintadas, ajaezadas de joias, suando e praguejando. Falavam todas as línguas estrangeiras – o espanhol, o francês, o italiano, até o alemão com o predomínio do *parigot*, do *argot*, da *langue verte*. Só se falava mesmo calão de boulevard. Fora, à entrada, paravam as lanternas carbunculantes dos autos, havia fonfons roucos, arrancos bruscos de máquinas HP 60. Aquele ambiente de internacionalismo à parisiense cheio do rumor de risos, de gluglus de garrafas, de piadas, era uma excitação para a gente chique. O barão André de Belfort, elegantíssimo na sua casaca impecável, convidara-me para um jantar a dois em que se conversasse de arte antiga – porque ele tinha estudos pessoais sobre a noção da linha na Grécia de Péricles. Evidentemente, antes de terminar o jantar teríamos a mesa guarnecida por alguma daquelas figurinhas escapas de Tanagra ou qualquer dos gordos monstros circulantes...

De súbito, porém na alegria do terraço ouvi por trás de mim, uma voz de mulher dizer:

– Pois então não sabes que a Elsa morreu hoje de madrugada?

Não me voltei. A mulher conversava noutra mesa. Mas senti um pasmo assustado. Elsa! Seria a Elsa d'Aragon, uma carnação maravilhosa de dezoito anos, lançada havia apenas um mês por um *manager* de *music hall*, cuja especialidade sexual era desvirginar meninas púberes? Seria ela com os seus olhos verdes, a pele veludosa de rosa-chá e aquela esplêndida cabeleira negra de azeviche? E morrer em plena apoteose, cheia de joias e de apaixonados! Indaguei do meu conviva:

– Morreu a Elsa d'Aragon?

O barão Belfort encomendava enfim o cardápio. Acabou tranquilamente a grave operação, descansou o monóculo em cima da mesa.

– Exatamente. Parece que a apreciavas? Pobre rapariga! Foi com efeito ela. Morreu esta madrugada.

– De repente?

– Com certeza. Devia ter sido uma linda morte. Beleza horrível. Não se fala noutra coisa hoje nas pensões de artistas, em todos os conventilhos elegantes patronados pelas velhas *cocottes* ricas, nas rodas dos jogadores. A Elsa era muito *nature*, com a fobia do artifício, mas soube morrer furiosamente.

– Como foi?

Neste momento chegara a "bisque" e o balde com a *Moet, brut imperiale,* que o velho dândi bebe sempre desde o começo do jantar.

O barão atacou a "bisque", deu não sei que ordem ao *maitre-d'hotel*, e murmurou:

– É uma história interessante. Você decerto ainda não quis fazer a psicologia da mulher alegre atirando-se a todos os excessos por enervamento de não ter o que fazer? Quase todas essas criaturas, altamente cotadas ou apenas da calçada, são, como direi? as excedidas das preocupações. Estão sempre enervadas, paroxismadas. O meio é atrozmente artificial, a gargalhada, o champagne, a pintura encobrem uma lamentável pobreza de sentimentos e de sensações. Ao demais, a vida tem um regulamento geral de excessos, e elas fatalmente pela lei, têm que fazer pagar caro e arruinar os idiotas, têm de amar um rapazola miserável que lhes coma a chelpa e as bata, têm que embriagar-se e discutir os homens, os negócios das outras, tudo mais ou menos exorbitando. Uma paixão de *cocotte* é sempre caricatural, é sempre para além do natural, do verdadeiro, e a sua pobre vida, tenha ela centenas de contos ou viva sem um real pelas bodegas reles, é sempre uma hipótese falsificada de vida, uma espécie de fjord num copo d'água, à luz elétrica. Todas amam de modo excepcional, jogam excessivamente, embriagam-se em vez de beber, põem dinheiro pela janela afora em vez de gastar, quando choram, não choram, uivam, ganem, cascateiam lágrimas. Se têm filhos, quando os vão ver fazem tais excessos que deixam de ser mães, mesmo porque não o são. Duas horas depois os pequenos estão esquecidos. Se amam, praticam tais loucuras que deixam de ser amantes, mesmo porque não o são. Elas têm várias paixões na vida. Cinco anos de profissão acabam com a alma das galantes criaturinhas. Não há mais nada de verdadeiro. Uma interessante pequena pode se resumir: nome falso, crispação de nervos igual à exploração dos "gigolôs" e das proprietárias, mais dinheiro apanhado e beijos dados. São fantoches da loucura movidos por quatro cordelins da miséria humana.

– A Elsa, então?
– A Elsa foi atirada subitamente numa pensão do Catete. Sabes o que é a vida em casas de tal espécie. Elas acordam para o almoço, em que aparecem vários homens ricos. O almoço é muito em conta, os vinhos são caríssimos. A obrigação é fazer vir vinhos. Desde manhã elas bebem champagne e licores complicados. Nesses almoços discute-se a generosidade, a tolice, ou a voracidade dos machos. A tarde é dada a um ou a dois. Às cinco *toilette* e o passeio obrigatório. À noite, o jantar em que é preciso fazer muito barulho, dançar entre cada serviço ou mesmo durante, dizer tolices.

Depois o passeio aos *music-halls*, com os quais têm contrato as proprietárias, e a obrigação de ir a um certo club aquecer o jogo. Cada uma delas tem o seu *cachet* por esse serviço e são multadas quando vão a outro – que, como é de prever, paga a multa. O resto é ainda o homem até dormir. Nesse fantochismo lantejoulado há vários gêneros: o doidivana, o sério, o reservado, o *nature*, o romântico, e para encher o vazio, os vícios bizarros surgem. Elas ou tomam ópio, ou cheiram éter, ou se picam com morfina, e ainda assim, nos paraísos artificiais são muito mais para rir, coitadas! mais malucas no manicômio obrigatório da luxúria. A Elsa era do gênero *nature*. Ancas largas, pele sensível, animal sem vícios. Tentou os petimetres, os banqueiros fatigados, os rapazes calvos e, com oito dias estava com os nervos esgarçados, estava excedida. Mesmo porque, desde a primeira hora olhava-a com seu olhar de morta a Elisa, a interessante Elisa.

– Ah!

– Elisa é um tipo talvez normal nesse ambiente. Tem os cabelos cortados, usa eternamente um gorro de lontra. Nunca a vi com uma joia e sem o seu *tailleur* cor de castanha. É feia, não deve agradar aos homens, mas presta-se a todos os pequenos serviços dessas damas. Escreve cartas, arranja entrevistas, tem conhecimentos, e dizem-na com todos os vícios, desde o abuso do éter até o unissexualismo. Ora, era Elisa com os seus dois olhos mortos e velados que olhava Elsa, e Elsa sentia uma extraordinária repugnância, um nojo em que havia medo ao mais simples contato. Elisa sorria, a Elisa que está sempre nesses lugares, sem colete com o seu corpo de andrógino morto. E era em toda parte aquele mesmo olhar acompanhando Elsa, pregando-se a todos os seus gestos, lambendo cada atitude da criatura. Uma noite, as duas Lacroix Ducerny, as que vestem sempre iguais e fazem fortuna em comum, asseguraram-me que Elisa já não servia para nada, perdida, louca de paixão; e, com grande pasmo meu ao entrar num club ultra-infame, eu vi a Elsa com um conhecido banqueiro e, muito naturalmente, Elisa ao lado. Era a aproximação...

– Safa!

– Meu caro, nada de repugnâncias. Prove este faisão. Está magnífico. Ora, ontem, no Casino, como a pobre Elsa estava totalmente fora dos nervos e com um vestido verdadeiramente admirável, tive prazer em ir apertar-lhe a mão. – "Então, como vai com esta vida?" – "Como vê, muito bem."– "Mas está nervosa." – "Há de ser de falta de hábito. Acabo por acostumar." – "Com um tão belo físico..." – "Não seja mau, deixe os cumprimentos." E de súbito: – "Diga-me, barão, não há um meio da gente se ver livre disto? Não posso, não tenho mais liberdade, já não sou eu. Hoje, por exemplo, tinha uma imensa vontade de chorar." – "Chore, é uma questão de nervos. Ficará decerto aliviada." – "Mas não é isso, não é isso, homem!" – "Se a menina continua a gritar, participo-lhe que vou embora." – "Não, meu amigo, perdoe. É que eu estou tão nervosa! tanto! tanto... Queria que me desse um conselho." – "Para quê?" – "Para aliviar-me."

– "É difícil. Você sofre de um mal comum, a surmenagem do artifício. Eu podia dizer-lhe: recolha-se a um convento. Mas pareceria brincadeira e talvez viesse a morrer mística, a conversar com os anjos, como Swdenborg. Conheci algumas que acabaram assim. Podia também, se fosse um idiota, aconselhar a vida honesta. Mas isso seria impossível porque o pesar de ter saído desta em que o desperdício é a norma, a saudade e as lembranças deixá-la-iam amargurada. Depois não tem recursos e teria sempre que pôr em circulação o seu lindo capital."

– "Barão, por quem é, fale-me sinceramente."

– "Então, minha filha, aconselho uma paixão ou um excesso, um belo rapaz ou uma extravagância." – "Nesta roda não há belos rapazes." – "De acordo, há quando muito velhos recém-nascidos. Mas é recorrer à multidão, passar uma noite percorrendo os bairros pobres, experimentar. Ou então, minha cara, um grande excesso: champagne, éter ou morfina..." Voltei-me para a sala. Num camarote fronteiro a Elisa olhava com os seus dois olhos de morta. "E se não a repugna muito uma grande mestra dos paraísos artificiais, a Elisa." – "Não fale alto, que ela percebe." – "Então já a sabia lá?" – "Corri-a ontem do meu quarto. É um demônio." – "Mas você precisa de um demônio."

– "O que ela faz..." – "Já sei, toda a gente faz. Mas naturalmente ela é excepcional." – "Barão, vá embora." – "Adeus, minha querida." Quando dei a volta para falar a Elisa, já esta deixara vazio o camarote.
– E então, como morreu a linda criatura?
– Aceitando o meu conselho. A sua morte pertence ao mistério do quarto, mas devia ser horrível, Elsa partiu do *music-hall* diretamente para casa, pretextando ao banqueiro que lhe ia pôr um pequeno palácio, a forte dor de cabeça – a clássica *migraine* das *cocottes* enfaradas ou excedidas. E apareceu na ceia da pensão como uma louca, a mandar abrir champagne por conta própria. Quando por volta de uma hora apareceu a figura de larva da Elisa, deu um pulo da cadeira, agarrou-lhe o pulso: "Vem; tu hoje és minha!" Houve uma grande gargalhada. Essas damas e mais esses cavalheiros tinham uma grande complacência com a Elisa, e aquela vitória excitava-os. Elisa molemente sentou-se ao lado da Elsa, que bebia mais champagne, sentia afrontações e torcia os dedos da apaixonada por baixo da mesa. Era o desespero. Mimi Gonzaga assegurou-me que ela recebera uma carta da mãe logo pela manhã. No fim, Elsa, pálida e ardente, dizia: "*Viens, mon chéri, que je te baise!*" e mordia raivosamente o pescoço da Elisa. Via-se a repugnância, a raiva com que ela fazia a cena de Lesbos – pobre rapariga sem inversões e estetismos a Safo... A ceia acabou em espetáculo, e acabaria com todos os espectadores, se algumas mulheres com ciúmes dos seus senhores – ah! como elas são idiotas! – não os tivessem levado. Elsa às duas e meia fez erguer-se a Elisa, calada e misteriosamente fria. "Vão tomar morfina?" interrogou um dos assistentes, "cuidado, hein?" Elsa deu de ombros, sorriu, saiu arrastando a outra. E a desaparição foi teatral ainda. Os olhos verdes da Elsa bistrados, a sua cabeleira desnastra, agarrando com um desespero de bacante a pastosidade oleosa e aloirada da miserável que a queria.
– Que horror!
– A coitadinha aturdia-se. É o processo habitual. Para mostrar a sua livre vontade caía na extravagância, agarrava o

tipo que a repugnava, para mergulhar inteiramente no horror. Estive quase a acreditar que tivesse recebido alguma lembrança dos parentes, e imaginei um instante a cena sinistramente atroz do quarto enfim, como uma larva diabólica, o polvo loiro da roda iria arrancar um pouco de vida àquela linda criatura ardente, ainda com uns restos d'alma de mulher... Nunca porém pensei no fim súbito.

– Pelas cinco horas da manhã, a pensão acordava a uns gemidos roucos, que vinham do quarto de Elsa. Eram bem gritos estertorados de socorro. As mulheres desceram em fralda, os criados ergueram-se com o sorriso cínico habituado àquelas madrugadas agitadas de ataques e de delírios histéricos. A porta do quarto estava fechada. Bateram, bateram muito, enquanto lá dentro o som rouco rouquejava. Foi preciso arrombar a porta. E a cena fez recuar no primeiro momento a tropa do alcouce. Como luz havia apenas a lamparina numa redoma rosa. O quarto, cheio de sombra, mostrava, em cima das poltronas, as sedas e os *dessous* de renda da Elsa. Um frasco de éter aberto, empestava o ambiente. A Elisa, o corpo da Elisa estava de joelhos à beira da cama. Os braços pendiam como dois tentáculos cortados. Inteiramente nua, o corpo divino lívido, os cabelos negros amarrados ao alto como um casco de ébano, Elsa d'Aragon, as pernas em compasso, a face contraída ainda sentada agarrava com as duas mãos numa crispação atroz, a cabeça da Elisa. Era Elisa que rouquejava. Elsa estava bem morta, o corpo já frio. Devia ter havido luta, resistência de Elsa, triunfo da mulher loira e por fim sem fim até a morte, enquanto a outra se estorcia, apertava-a, arrancava-lhe os cabelos. machucava-lhe o rosto – aquele horror. Elsa entrara do nada debatendo-se, vítima de um suplício diabólico, mas no último espasmo as suas mãos agarram a assassina. Quando esta afinal satisfeita quis erguer-se, sentiu-se presa pelos cabelos, tentou lutar, viu que a pobre era cadáver. E passou-se então para o monstro o momento do indizível terror, o momento em que se vê para sempre o mundo perdido porque ficou imóvel rouquejando, de joelhos, a cabeça no regaço do cadáver, que mantinha nas mãos cerradas a massa dos seus cabelos de ouro. Os dedos de resto pareciam de aço. Uma das mulheres recorreu à tesoura para despegar a cabeça de Elisa das mãos do cadáver. Quando o corpo tombou no leito com um punhado de cabeleira nas mãos, o bando estremunhado viu surgir a face de Elisa, tão decomposta, tão velha que parecia outra, como que aparvalhada.

Houve um silêncio. O criado servia frutas geladas, esplêndidas peras de Espanha e uvas das regiões vinhateiras da Burgonha, grandes uvas negras. O barão trincou de uma pera.

– Foi uma complicação para afastar a polícia e impedir notícias nos jornais que desmoralizariam a casa. Elisa seguiu horas depois para o hospício, babando e estertorando. A Elsa devia ter sido enterrada hoje à tarde. Estive lá a ver o cadáver. Tinha ainda nas mãos cerradas fios de cabelos loiros, como se quisesse arrancar para o túmulo a prova desesperada da sua morte horrível.

E mordeu com apetite a pera. No salão de cima uma valsa lenta, chorada pelos violinos, enlanguecia o ar. Das mesas do terraço entre a iluminação bizantina das velas de capuchons coloridos subia o zumbido alegre feito de risos e de gorjeios de todas aquelas mulheres que o jantar alegrava.

DUAS CRIATURAS

O grande *hall* do hotel estava repleto. Pelas janelas semicerradas, na suave ondulação das cortinas brancas, entrava um vago perfume de violeta e de rosa. Lá fora, entre os tufos de verdura do jardim e o céu muito azul, devia esplender a pálida luz de um sol de inverno. As mesas, todas ocupadas e cintilantes de cristais, prolongavam-se até o fundo numa orquestração de tons brancos, que iam do branco de prata ao branco *gris* nos lugares mais em sombra.

Os criados passavam apressados, erguendo numa azáfama os pratos de metal. Ao alto, os ventiladores faziam um rumor de colmeias. Senhoras e cavalheiros, perfeitamente felizes, as senhoras quase todas com largos "boas" de plumas brancas, chalravam e sorriam. Estávamos bem na bizarra sociedade de entalhe que é o escol dos hotéis. Alta, longa, comprida, com uma cintura de esmaltes translúcidos e o ar empoado de uma íntima do general Lafayette, a escritora americana, cuja admiração por Gonçalves Dias chegara a fazê-la estudar o Brasil, mastigava gravemente. Logo ao lado, um grupo de engenheiros, também americanos, bebia, com gargalhadas brutais e decerto inconvenientes, champagne Munn. Mais adiante a encantadora viúva do milionário Guedes, com o seu perfil de Luigni, de que tanto mal se dizia, sorria num vago sonho para a senhora Alda, a formosa divorciada do dia, Alda Paes anteontem, Alda Pereira hoje, como há cinco anos, antes de casar... De vez em quando parava à porta um novo hóspede, hesitava, percorria com o olhar a extensa fila de mesas onde o *debinage* se acalorava. A um canto, Mlles. Péres, filhas de um rico argentino, *Yatch-recordeman* nas horas vagas e vendedor de gado nas outras, perlavam risadinhas de *flirt*, para o solitário e divino Alberto Guerra, seguro dos seus *bíceps*, dos seus brilhantes e quiçá dos seus versos.

Bem ao centro, o nosso vasto ministro em Honduras desdobrava a sua simpática adiposidade numa roda de mocitos elegantes, ferozes pretendentes ao secretariado diplomático, e, de vez em quando, cortando o zumbido elegante do grande *hall*, retinia imperiosamente o som de uma campainha elétrica.

Estávamos a almoçar cinco ou seis, convidados pelo barão Belfort, esse velho dândi sempre impecável, que dizia as coisas mais horrendas com uma perfeita distinção. E fora de certo uma extravagância aquele demorado almoço, a fazer horas para um *match de foot-ball*, a que seria impossível deixar de assistir. O barão, de veia, com a sua voz de navalha, recortava na pele dos presentes as caricaturas perversas. Nós já tínhamos rido muito e entrávamos com apetite num vulgaríssimo *salmis* de coelho, quando de repente um dos nossos companheiros exclamou:

– Olha, a chilena aqui!

À porta surgiu uma triunfal figura de Céres, com o cabelo cor de ouro e o verde olhar coado por umas negras pestanas de azeviche. O seu lindo corpo era como que modelado pelo vestido de Irlanda e rendas verdadeiras. Nos dedos afilados e tênues, como as pétalas esguias dos crisântemos, três ou quatro pérolas rosas; nos lóbulos das orelhas, duas negras pérolas e por sobre a gola leve de rendas brancas um virginal colar de pérolas. Acompanhavam-na um cachorrinho branco de neve, de focinho impertinente, e um cavalheiro, baixo, gordo, cheio de joias, enfiado num redingote azul.

– A chilena! A chilena aqui! Mas que sociedade é esta? bradou o mais jovem dos convivas.

O barão teve um sorriso cético.

– Meu caro, o Rio tem, como Paris ou Londres ou mesmo Montevidéu, a sua *season*. A *season* começa regularmente com a chegada do primeiro *mambembe* estrangeiro, *mambembe* naturalmente insuportável, e fecha com os calores da primavera, na abertura do salão de pintura. É a época do luxo, da exibição, do sacrifício para aparecer, da tagarelice, em que toda a gente fala mal do próximo e entende de arte, é a época escolhida pelos que pretendem tomar lugar na sociedade. Nós somos uma sociedade em formação – a mais atraente, a que mais tenta por consequência, não só pelas suas taras, que há vinte anos não eram julgadas mal, como pelo nosso fundo meio ingênuo de aceitar tudo o que brilha, seja diamantino ou seja montana. Anualmente, de envolta com os políticos, os fazendeiros, os estrangeiros exploradores, aparecem essas figuras com um passado estranho, decididas a dominar, a entrar nos lugares honestos, a serem respeitadas.

São figuras de invernos. Querem dominar. E olhe que aqui, quase todos têm a sua história: as *demoiselles* Péres, talvez enteadas de um rei morto, o wildeano conde Rossi, lá longe, com o seu excepcional secretário cubano; Alberto Guerra, o sedutor irmão de D. Juan e também de Shylock, porque vive de emprestar a juros; a viscondessa Guilhermina, que chegou de Vichy e só está aqui de passagem; a Alda, a baronesa...

– Barão, cale-se, por favor! Cale-se! Figuras de inverno, não duvido. Mas a chilena é menos que isso.

– Ora, a chilena já não usa esse pseudônimo tão picante e ao mesmo tempo tão significativo para os guerreiros do Rio Grande. Todos vocês sabem a história de vício dessas três que cerca de dez anos amaram e arruinaram várias criaturas. Mas tinham de ter um nome honesto. As duas primeiras casaram. Esta é hoje a esposa do cônsul do Haiti no Pará.

– Então o homenzinho?...

– Um explorador riquíssimo que se presta a ser cônsul, auferindo todos os lucros do cargo. Deve ter uma fortuna superior a cinco mil contos. Tivemos relações em Belém e em Paris. É um caso de embrutecimento passional.

– Mas são realmente casados?

– Não há dúvida. Vocês conhecem a história das chilenas, três lindas criaturas da fronteira que se diziam chilenas por picante e a que os rio-grandenses chamavam chilenas como lembrança de certos estribos em que os pés ficam à vontade e toda a gente pode usar. Elas tinham topete, beleza, audácia. Para ser o vício arrasador não precisava muito outrora no Rio. Chegaram e logo a fama irradiou. De um dia para o outro, os fazendeiros ricos sentiram a necessidade de dar-lhes palácios, os banqueiros ofereceram-lhes as carteiras, os amorosos sem vintém prometeram vigor e paixão. As gaúchas ardentes, ardentes mesmo demais, faziam grandes loucuras sensuais, mas prestavam atenção ao futuro. Há mulheres que podem se entregar com frenesi a vida inteira sem conseguirem ser prostitutas. Elas tinham o frenesi, não, tinham o sinal de profissão, e depois, haviam nascido sob as estrelas complacentes. A Luíza partiu com um fazendeiro, e se engana é com os cometas, raramente. Natália recolheu com um negociante riquíssimo. Ficou apenas Maria, que diriam um caso anormal de luxúria, malbaratando dinheiro, embriagando-se, tripudiando no torvelinho da vida. Ora, Azevedo apaixonou-se pela Maria, há sete anos, vendo-a guiar uma parelha de cavalos zebrados que foram acabar no Jardim Zoológico como raridade. Maria atravessava uma das suas crises, devendo a casa, as mobílias, os cavalos, os criados, e até mesmo o adolescente robusto que fazia de Angias no fundo do palacete e de Automedonte à tarde, no passeio. Azevedo foi seringueiro ou coisa que o valha. Precisamente voltara do Amazonas, esfomeado de mulher e cheio de dinheiro. Teve o deslumbramento diante da beleza que Maria tornava provocante. Tentou o assalto, deixou-se prender, pôr o freio, montar, esvaziar. A opinião geral – e aliás alegre, era que Maria arruinaria o marchante selvagem. A sorte porém de Azevedo era intensa. Quanto mais dava, quanto mais pagava, mais ganhava. Isso devia ter concorrido poderosamente para a paixão do animal, fetiche como todos os simples, e irritar Maria, inimiga dos pagadores como todas as boêmias. Azevedo empolgou-a inteiramente. Ela, até então a Vênus vingadora, que arruína, arrasa, domina, de gênio voluntarioso, só encontrava uma satisfação: enganá-lo, traí-lo, roubar-lhe o corpo para o banquete dos esfomeados. Era uma performance entre a paixão cega e a raiva de fugir dessa paixão. Ao cabo de quatro meses, Maria proibiu-lhe a entrada, despediu-o. Estava coberta de joias, com o cofre cheio e enfarada, aborrecida excedida pela convivência do pobre homem apaixonado e pagador. Meteu-se na grande orgia, para se convencer de que estava livre, livre por completo. Mas Azevedo, aguilhoado por aquela despedida, sentira de repente que perdia a sua carne e a sua sorte e recorria a todos os meios imagináveis para de novo apanhá-la, peitando consciências, interessando na sua desgraça à custa de bilhetes de banco as amigas da Maria, convencendo os camaradas de que era preciso fazer mudar de opinião Maria, aquela louquinha incapaz de pensar no futuro. Logo a chilena sentiu em torno, cada vez mais presente, o fantasma do Azevedo. Falavam nas pândegas as amigas, por acaso: Ah! se aqui estivesse o Azevedo! Falava a cartomante que de oito em oito dias lhe deitava as cartas: vejo aqui um homem sério que muito a ama e agora afastado voltará a fazê-la feliz! Falavam os criados: Coitado do patrão; passou hoje por aqui, olhando muito... Falavam até os camaradas de cama e mesa: Afinal o Azevedo é um bom homem. E Maria viu que tendo despedido o Azevedo agora é que o tinha a todo o instante na lembrança, sem poder fazer-lhe mal, sem poder vingar-se, quase a convencer-se de que o idiota era bom. Certa vez disseram-lhe: o Azevedo parece resignado: vai montar casa para a Benevente. Maria teve um grande ódio e no outro dia Azevedo estava de dentro outra vez, louco de amor e ainda mais perdulário.

– Maria resignara-se?

– Para a obra da vingança, tornando-o epicamente ridículo. Não importava a pessoa, a questão era do ato. Ah! Eu imagino sempre, quando o meu egoísmo quer eternizar o amor, o desespero de um pobre ente sem poder livrar-se de outro que se molda e curva e dá tudo, e é passivo e é humilde. Há torturas, imperceptíveis à maioria dos mortais, que são dantescas. E nenhuma como essa em que o ambiente, a fatalidade, o destino forçam a vitória do mais fraco dando-lhe o que deseja; fazendo-o realizar o seu fim, impondo-o a outro corpo, a gozá--lo, a senti-lo, apalpá-lo. A grande desgraça do amor, a maior desgraça é essa, porque laça ao mesmo horror duas almas. Maria devia ter crises de desespero e de lágrimas, e quanto Azevedo devia sofrer na sua muda humildade de cão sedento de carícias! E quando levou-a para o Pará, a chilena tinha a nevrose de enganá-lo. Ora, imaginem vocês, em Belém, terra pequena, onde Azevedo tinha posição evidente! As denúncias anônimas choveram exigindo vergonha, mais pudor, mais brio. O grosso Azevedo lia e calava, porque, se revelasse uma palavra das cartas, Maria fechava-lhe a porta semanas e semanas. Uma vez, entretanto, como recebesse uma denúncia violenta, Azevedo teve tensões de ciúmes e foi encontrá-la como a princesa Falconiêre da *Dalila*, cantando num barco com certo tenor de zarzuela. Não havia dúvida! O cônsul do Haiti berrou de cólera, o tenor deu às gâmbias, a polícia apareceu. O escândalo, porém, permitiu a Maria um desses cinismos épicos. Agarrou o Azevedo pelo casaco, meteu-o dentro do carro sem dizer palavra, ofegante, e ao chegar a casa mediu-o de alto a baixo e teve esta frase, célebre há cinco anos: – O senhor é um indigno! Desconfia de mim!

É preciso pensar o alcance, a extensão moral de uma dessas frases num cérebro, obsedado pela ideia de não perder uma carne cada vez mais desejada. Maria dissera por cinismo profissional. Ele sentiu-se comovido a princípio. Afinal se enganava, procurava não o afrontar. Já era uma consideração. E depois enganá-lo-ia ela? Há tantos inocentes condenados mesmo com provas visíveis comprometedoras! E o tenor, sem querer, foi a pedra angular do casamento.

– Oh! não...

– Quinze dias depois da cena Azevedo sentiu que nem de negócio e de borracha poderia entender mais. Maria, muda, grave, solene, vivia com o quarto fechado sem responder primeiro aos seus insultos, depois às suas ironias, depois aos desesperos e já agora aos rogos, porque Azevedo vivia como à espera da notícia de ter um mal irremediável, sem dormir, sem descansar, só pensando que de novo ela o deixaria. E dessa vez para sempre. Então caiu de joelhos, suplicou, pedindo perdão, jurando que não vira nada, que jamais acreditaria na calúnia... Há entre os sexos um ódio latente. Quando um se humilha a outro, esse outro toma crueldades de tirano, refocila em perversidades e em excessos. A chilena percebeu a excelência do momento, teve um assomo de dignidade, borrifada de lágrimas: Cale-se, Azevedo! O senhor é um ingrato! Nunca mais serei sua! Desconfiar de mim. Só se me der uma grande prova de confiança, o seu nome, a sua mão...

Na roda correu um desabalado riso, que fez voltar-se o grupo aspirante ao secretariado diplomático. O barão limpou o seu monóculo de cristal e continuou tranquilamente:

– Ela nesse tempo era mais magra e tinha os cabelos castanhos, mas de um castanho que às vezes era quase negro e de outras vezes se tornava quase louro. Esse cabelo era sua alma. Azevedo, coitado! refletiu vinte dias, torturou-se vinte dias. E nesses vinte dias, a Maria lutou, em arte e manha, mais que um diplomata, graduando sabiamente as concessões que dessem ao velho apaixonado uma vaga ideia do que poderia ser o lar com uma doce criatura meiga, boa, fiel, sem azedumes, sem neurastenias. Os amigos, sabedores do desastre, reuniram-se para salvar Azevedo. Todos os meios falhavam; ou antes redundavam a favor da Maria. Um rapaz, Teofano de Abreu, se bem me recordo, latagão inteligente e bem colocado da colônia portuguesa, com certo desejo na Maria, prestou-se a um sacrifício colossal: fazer-lhe a corte, conseguir possuí-la e vir contar depois para o Azevedo o fato. A Maria não resistiu, e Teofano, apesar de ter gostado, sacrificou-se: "Azevedo, disse em presença de várias testemunhas, não podes casar com a Maria." – "Por quê?" – "Porque te engana." – "Não admito que insultem uma mulher que vive comigo." – "Mas foi comigo, venho agora de lá. Ela será incapaz de negar na minha cara. E se faço este ato indigno é para te salvar de uma horrível e irremediável indignidade." Azevedo fez-se pálido, correu casa e no outro dia não cumprimentou mais nenhum dos seus amigos. Era fatal. E afinal, para de novo possuir Maria, casou...

Fui encontrá-los em Paris, elegantemente instalados numa das avenidas da Etoile, um palácio discreto. Maria tinha carruagens, coupé elétrico, arrastava à noite pelos pequenos teatros maravilhosas capas de peles de muitos bilhetes de mil e frequentava vários lugares maus porque vendo-a um dia a pé a rodar um bistrô, lembrei-me que bem podia estar de paixão por algum jovem apache, que os apaches são os homens belos de Paris. É mesmo provável que tivessem deixado Paris, quando já Maria dava uns chás a alguns vagos titulares internacionais, por alguma chantagem de escândalo, que o Azevedo teve de saber e pagar.

Mas isso não era nada! As exigências e o descaro de Maria cresceram na proporção do embrutecimento do marido. Quando voltaram de Paris, ela exigiu no seu palacete toda a ala direita mobiliada à indiana, com autênticos bambus de Calcutá, potiches de cobre de Benarés, deuses bramânicos de porcelana e de metal. O seu quarto tinha guarnições de seda verde pregadas a grampos de coral; os cortinados eram de gaze de Dekan, a mais leve gaze do mundo. Aos pés da cama, um *Vichnou* de marfim, o deus dos ricos, olhava-a a dormir. Frequentava-os por essa ocasião uma turbamulta de homens sem preconceitos e rapazes bem-dispostos, que forneciam as traições ao Azevedo. Maria era uma pilha de nervos. Não se resignara ao pobre cônsul; e a sua neurastenia explodia em desejos de humilhações e um desenfreado apetite de sedução. À mesa, fazia o cônsul levantar-se, ir buscar o seu leque ao segundo andar, para beijar o conviva, principalmente quando o jantar era a três. De outras vezes, marcava-lhe a hora da entrada: – Preciso estar só. Apareça depois da meia-noite. E nesses dias sempre alguém conhecia a pele de tigre real com forro de brocado rubro que havia na terceira sala da ala esquerda, onde se amontoava a coleção de armas usadas por todos os soldados dos rajás imagináveis. Vocês riem! Eu afinal tenho pena. Esse homem ganhava rios de dinheiro, gozava de boas relações... Julguei-o um indigno. Não era. Era e é um ser que ama. Qual de nós não tem o seu segredo inconfessável e um desejo irreprimível? O amor é o desejo, mas o desejo da

completa satisfação, dessa ilusão dos sentidos. Quando se quer assim, somos arrastados como por uma corrente. Há casos piores a que apertamos a mão...
– Mas, agora, que fazem eles?
– Não os vejo há dois anos. Naturalmente ela quer ser família. É uma aspiração natural. Vi-a com ele, na abertura da Câmara, numa *pose* de duquesa pintada pelo La Gandara. Decerto já se resignou ao Azevedo e estão ambos aqui, a gozar o inverno, a dar a impressão de que são felizes. E entretanto a Maria é a alma envenenada, agrilhoada a um corpo que detesta, desejando, no desequilíbrio de carne, a tropa dos homens, desejando, no desequilíbrio de moral, a posição e o respeito; o Azevedo é o pobre bruto sacrificando tudo, a honra, o dinheiro, a vergonha, rastejando o ignóbil só para que lho consintam um pouco de amor pela criatura que lhe agradou aos sentidos. E ambos desgraçados, desvairados, seguem a vida, com o sorriso no lábio e a vaga inquietação no olhar febril.

Nesse momento, a bela chilena, Maria de Azevedo, ergueu-se. O impertinente fraldiqueiro saltou da cadeira. O homenzinho baixo também, de outra. Ela viu o barão, que se levantou, curvou-se. Azevedo abriu os braços.
– Oh! você! Há dois anos!
– Donde vem?

E os dois homens abraçaram-se. Ele parecia velho, meio desconfiado. Ela, sob a luz opalizada das cortinas brancas, sorria, um sorriso misto de inexprimível ironia e de vaga satisfação, enquanto os seus olhos pousavam, como uma perturbadora carícia, na mesa em que Alberto Guerra continuava a almoçar, seguro dos seus *biceps*, dos seus brilhantes e talvez dos seus versos, no *brouhaha* entontecedor do vasto *hall*.

CORAÇÃO

Quando chegou à casa para almoçar, João Duarte soube pela criada que a menina ardia em febre. Nem descansou o chapéu. Precipitou-se no quarto onde a pequena Maria, numa grande cama, estendia o seu corpinho ardente.
– Que tens, minha filha?
Maria não respondeu. Apenas agitou a cabeça como se a incomodasse qualquer coisa no pescoço, e tinha a pele de brasa, a pele que parecia fogo.
– Como foi? Como foi? perguntava o pai, curvado sobre o leito. Comeste decerto alguma coisa que te fez mal. Uma fruta decerto? Com este calor, louquinha, com este calor! Mas vamos mandar a Jesuína ao médico. Ele vem já, dá-te umas drogas, e ficas outra vez boa, pois não?
Saiu para a sala de jantar, escreveu à pressa um bilhete.
– Leva já isso ao doutor Guimarães. Depressa.
– E o senhor não almoça? Está pálido.
– Não, perdi a fome. Esta Maria! Decerto fez alguma imprudência. Anda, vai. Dize-lhe que venha imediatamente. Que te parece a doença da Maria?
– Oh! meu senhor, uma das doenças da menina. Oito dias, e sara.
João Duarte forçou um sorriso de esperança e de novo foi-se ao quarto. A pequena continuava numa ânsia, a mover a cabeça, os olhos fixos, uma vermelhidão na face, os braços também vermelhos. João aconchegou-lhe as cobertas, apalpou-

-a, teve vontade de tirar o cobertor ao mesmo tempo que lembrava ir buscar mais outro, abriu as cortinas das janelas, olhou fora sem ver o movimento da rua, tornou à filha, beijou--a, passeou nervoso, sentou-se à beira da cama, ergueu-se, apanhou uma cadeira, suspirou, quedou-se com uma dor indizível a olhar a pequena. Era sempre assim, era sempre aquele excesso. A sua filha, a sua querida filha! João Duarte era um pobre professor de matemáticas, com uma larga fronte e um gênio arrebatado. Diziam-no de grande talento os discípulos, posto que bastante original. Filho de uma família rica e de raízes nobres, viu-se aos treze anos, ao cursar o primeiro ano da escola Central, na miséria, porque o pai morrera de congestão em véspera de certa combinação da Bolsa e os sócios, irmanados na infâmia, haviam absorvido com descaro toda a fortuna. João entregou a parte que lhe cabia dos restos da herança às irmãs e continuou só a estudar, ensinando para viver. Os amigos acharam excessivo o gesto do rapaz. Ele nem sorriu – porque sentia na sua alma um desejo infinito de amar e dedicar-se.

– São minhas irmãs! dizia.

Naquele tipo de matemático, havia um ser excepcional, o estofo de um santo? Quem sabe? Ele resumia a vida no amor que se entrega suave e sem mácula, e enquanto através do seu curso brilhante, lentes e condiscípulos vaticinavam-lhe o mais brilhante futuro, pensava em criar uma família, em ter um lar para ter alguém seu e inteiramente dedicar-se, velando, cuidando, sendo a causa dos prazeres, o princípio das alegrias de alguém. Casou com uma pequena de família humílima antes de terminar o curso. Era um colégio gratuito em que meia dúzia de rapazes ensinavam meninas pobres. Ela aparecera aos treze anos pálida, com as mãos bem tratadas, um sorriso de resignação nos lábios. Ele indagou da família, e certa vez em aula:

– Menina, queres casar comigo?

Toda a aula riu, achando graça na pilhéria do senhor professor. A pequena ficou mais pálida e duas grossas lágrimas rolaram-lhe pelas faces brancas. Ele foi dali à casa da mãe, uma senhora viúva de gênio irascível, que vivia com três filhas honestas a fornecer comida para fora.

– Mas, senhor doutor, está louco! Minha filha tem treze anos apenas. É uma criança.

– Não importa. Espero até aos quinze, mas fica noiva.

A mulher desconfiou a princípio e negou-lhe entrada. Ele começou a presentear a criança, e dar-lhe dinheiro entre as folhas dos livros mandados à velha, de quem sabia as necessidades, a enchê-la de cuidados, num exagero que assustava. Era um amor mais de pai que de noivo, um amor sem desejo de carne, espiritual e enorme. Ela foi a pouco e pouco acostumando-se, vendo nele o protetor, menos que o apaixonado. Certa vez, ao entrar na aula, recebeu a primeira carta de amor. "Venha já. Mamãe com um ataque. Nós três sós e aflitíssimas." Partiu. A moléstia da velha era grave e ele ficou para fazer-lhe fricções, dar-lhe banhos, enquanto naturalmente as despesas da casa corriam por sua conta. Quanto era preciso trabalhar! Lecionava em três colégios, tinha aulas particulares, ensinava à noite turmas de calouros. Morria de trabalho e estava satisfeitíssimo, sentia-se feliz quando a Aurélia dizia:

– O pai quando era vivo também fazia assim!

Para não chocar a susceptibilidade da velha, imaginou tomar pensão na sua casa, pagando o triplo do que devia pagar, acabou pedindo-lhe um quarto, em cima, no sótão do velho prédio, o quarto em que estavam os cacarecos. Quantos sabiam do fato comentavam-no com acrimônia. Estava o João Duarte de dentro, com três virgens! Que sátiro! Sempre que a opinião da rua filtrava através das portas, a velha em cólera, bramia, gesticulava, bradava. E João, sem forças, dizia súplice:

– Mas se não é verdade? Se a senhora sabe que não tenho tenções más?

– Era melhor que as tivesse! Ao menos sabia-se logo! engrolava a velha no auge do furor.

– Que se há de fazer? Cada um como nasceu...

Ao cabo de dois anos, porém, casou. Foi modesto o casamento. Ele apareceu com o mesmo fato preto com que diariamente labutava. Não lhe sobrara dinheiro, tanto era o luxo para a noiva e tantos os objetos comprados para a nova casa, aos poucos, com mil sacrifícios e uma porção de trabalho, muito trabalho. Mas Aurélia não o amava. Nunca amou a ninguém. O desequilíbrio nervoso da mãe redundara nela numa vaga histeria. Precisaria decerto de um homem brutal. Encontrara perdida no mundo uma rara alma. A influência da mãe, as suas ordens, os seus conselhos era que a regiam. João marido passou a ser a criatura que tem obrigação de dar. Ele dava como um escravo. Nunca um enlevo, um simples gesto terno lhe acolheu sacrifícios de dinheiro, sacrifícios de trabalho. A família, por ver Aurélia feliz, começou a querê-la menos. As duas irmãs solteiras açulavam os maus instintos da velha, e eram elas que faziam a chuva e o bom tempo na casa de João. Às vezes, Aurélia entrava em casa a chorar:

– São umas miseráveis! Trataram-me como um cão, depois de lhes ter dado uma porção de coisas!

A cólera estalava na alma de João.

– Já não tenho dito tanta vez? Não lhes fales! Elas invejam a tua felicidade.

– Se elas soubessem!...

– Então, não és feliz?

– Eu feliz?... Ah! que ideia!

Um grande desejo de insultar aquela criatura vulgar empurpurecia a face de João. Mas para quê?

A pobre mulher não o compreendia, ele é que escolhera mal amando-a, amando-a com aquele estranho amor de altruísmo e incapaz de viver senão para por ela sofrer e a ela dar o produto do seu sangue, dos seus nervos, da sua inteligência. De resto, Aurélia rebentava em choro ou caía em profundos silêncios agonientos. Era preciso diverti-la, dar-lhe mimos, levá-la ao teatro. Então João multiplicava-se. Quando não havia criada, era ele de madrugada que ia acender o lume, preparar o primeiro almoço, levá-lo à cama. Saía, corria às obrigações, com o redingote verde e os sapatos em mau estado, voltava para o almoço carregado de frutas, de gulosinas de que ela dizia gostar.

– Trouxe-te figos e bombons. Come.

– Não quero, fazia ela instintivamente cruel, empurrando os embrulhos.
Ele tinha um vinco de tristeza e de raiva logo sopitada. Mas comia à pressa qualquer coisa, ia logo trabalhar. Ao jantar trazia-lhe sempre uma recordação, ria verificando que já não existiam frutas e bombons, mandava-a vestir para o teatro, e ainda dava explicações a uma turma, entre o jantar e o teatro. Ela saía sempre contrariada porque o marido tinha pressa e voltava em cólera porque havia no teatro mulheres mais bem-postas ou porque a peça não lhe agradara. João, humilde, preparava-lhe o chá, preparava-lhe o leito, ia para a sala escrever e estudar até de madrugada, e muita vez Aurélia acordou sobressaltada, com ele ao lado a olhá-la enternecido.
– Ah! que susto! até pareces um lobisomem!
Mas, de súbito, Aurélia aparecia mais alegre, consentindo mesmo numa carícia. Era a reviravolta. Fizera as pazes com os parentes, ou antes, sem recursos, a velha mãe e as irmãs solteiras tinham vindo alegremente fazer-lhe uma visita. As frutas, os bombons iam embrulhados tal qual para a casa delas, os cortes de vestido, os frascos de perfumes sumiam-se do guarda-vestidos.
– Como estou aborrecida! Se me deixasse ir ver a mamã? Ela afinal é mãe. Não há duas mães...
João sorria.
– Vai, filha. Não te prendo, mas vê se consegues demorar as pazes.
– Se elas brigaram foi culpa tua. Não insultes a minha família. Minha mãe é minha mãe.
– Bom, bom, nada de zangas. Vai, anda...
Por que tentar o impossível? Ela não o compreenderia nunca. Era um espírito de criança numa alma de mulher sem amor. Como sentir aquela afeição tão fina, tão superior em que a honra, a dedicação, o sonho de um homem cheio de coração irradiavam? Um rapazola qualquer com três socos talvez abrisse na rocha a fonte do amor. Um tipo cheio de dinheiro espalhando notas do banco talvez a fizesse esquecer os seus deveres de esposa. E João Duarte recalcava bem no íntimo um vago

e atroz ciúme do que não existia, culpava-se, culpava-se e vinha a amá-la mais, a rodeá-la de maiores carinhos para não perdê-la para não se ver perdido, porque precisava amar alguém, dar a sua dedicação a alguém. Assim viveu dez anos. Parecia ter vivido vinte. Estava magro, abatido. As roupas de baixo tinha-as rasgadas. Os fatos duravam-lhe dois anos. Não bebia senão água: comia sempre pensando noutra coisa, e dormia pouco, cada vez menos, com o cérebro cheio de preocupações, as aulas, as vontades de Aurélia a satisfazer, os negócios a liquidar com os prestamistas. Foi por essa ocasião que a mulher se fez mais criança ainda, começou a ter vômitos, a sentir os pés inchados, a vociferar com ciúmes, despedindo as criadas aos gritos. João não acreditava. Seria possível? Mas o médico não lhe deixou dúvidas. Após dois lustros de união, Aurélia estava grávida. Todo o desejo do pobre enfim realizado! O seu amor foi tão grande, o sentimento da paternidade fê-lo tão loucamente feliz, tão cheio de carinho para com a mulher, que ela uma vez na vida, cedeu, deixou-se embalar. E eram passeios e eram consultas de médico e eram beijos. Nos últimos dias era ele quem a vestia.

– Vamos ter um filho! um filho! Sorri, tolinha! Sorri! Vai ser tão bom... Se for mulher, havemos de chamá-la Maria, hein? Querias que fosse homem? Ah! egoísta! Os filhos gostam sempre mais das mães que dos pais. Mas há exceções. Tu por exemplo és mulher e gostas muito da tua mãe.

– Não fales! Não fales!

O parto foi laborioso. Aurélia gritou duas noites, julgando-se desgraçada e intimamente culpando daquele horror o marido, que não dormia, de um para outro lado, aflito, pálido. Quando a pequena nasceu, uma noite de temporal do mês de junho, João ao tomá-la ao colo sentiu uma tontura de alegria. O mundo se transfigurava. Os móveis tocavam-se de uma luz estranha. O teto abria uma chuva de delícias. Afinal o destino realizava a sua única vontade: uma filha! O seu sangue, parte do seu ser, com alguma coisa da sua alma, o desdobramento belo do seu eu. A essa sim, ele podia amar totalmente, com o seu grande amor sempre contido e represo, a essa devia amar

e sentia amar, a essa entregaria a sede de pureza e ideal do seu coração dedicado, porque ela havia de compreendê-lo, havia de senti-lo, havia de saber que a sua vida inteira de esforço, de coragem e de sofrimento tinha, por fim, por meta do sonho, por último círculo do paraíso – ela.
– Minha filha... murmurou num êxtase, minha filha...
Mas decerto o destino dando-lhe uma filha, queria simplesmente aumentar as angústias desse humilde coração sensível, feito de excessos de ternura e de dedicação. Maria nascera doente. Aurélia, vendo que os carinhos do escravo diminuíam e por uma feição dos seus nervos em desequilfbrio, desinteressou-se dos carinhos maternos ao mesmo tempo que sentia um violento ciúme do marido, apontando-o como inimigo pronto a roubar-lhe o amor da filha. Era o próprio egoísmo, o feroz egoísmo das histéricas. João entrava da rua ansioso.
– E a pequena?
– Não sei, pergunta à ama. Pois se não a largas! Ele queria sorrir, hesitava, não compreendia bem aquele azedume eterno e lá se ia para o berço a olhar, a olhar muito, muito... Sem nunca ter aprendido, viu-se a enfaixar à perfeição a petiz, a embalá-la, a cantar cantigas, com uma voz muito triste. Ele, que nunca na sua vida cantara por não ter tempo nem alegria, sentia naquela obrigação de carinho paterno que cantar era para a sua alma como desabafar soluços guardados no seu peito de homem muitos anos antes, toda a sua vida.
Quando se anunciou a dentição, Maria foi presa de uma febre violenta. João desvairado mandou chamar um médico amigo, seguia-lhe as prescrições à risca, com altas doses de quinino, e a pequenita deu de piorar. Era um erro de diagnóstico, o tratamento contrário, a morte. Em casa havia uma balbúrdia. Aurélia, incapaz de resistir, dormia nas cadeiras. As irmãs e a mãe, inteiramente inúteis, julgavam a criança perdida e apostavam o dia da sua morte. Ele nem mais dormia, nem mais comia, aflito, louco, com a pequenita nos braços, sem consentir que a tocassem.
– Deixem! Tenho esperanças! Uma grande esperança...

E a velha muito sincera:
— Qual! aqui só o milagre!
Começaram as conferências. Os remédios enchiam os consolos da sala. Um dia, fora de si, ele chamou o médico.
— Está perdida?
— Meu pobre amigo...
— Está?
— Infelizmente.
— Pois bem. Peço-lhe um grande obséquio de camarada. Venha apenas passar o atestado. Não lhe demos mais medicamentos. Custa-lhe tanto! Ela faz uma cara tão feinha. Eu fico a acalentá-la até a morte. Talvez o meu amor...
— Sim, talvez, fez o médico a sorrir com descrença.

E ele ficou, no escândalo condenador de toda a casa, a passear a filha, a dar-lhe gotas de leite, a animá-la, a incutir-lhe com toda a força da sua vontade o desejo de vê-la viver, de vê-la renascida. Assim passaram quarenta dias. Quando ao cabo desse século de dor e de tensão nervosa, viu a pequena sorrir-lhe sem febre, sã, de aparência sã, mirou-se num espelho por acaso, ao passar, e notou então que tinha ainda envelhecido. O médico chamado confirmou:
— Sim, com efeito, a reação... Mas como sofreste, meu amigo! Estás mais branco.
— Que queres? É a vida, fez ele a rir para os outros que sorriam. E querer bem custa tanto!

A doença da filha viera desorganizar-lhe a vida do lar, se é que tinha isso. Aurélia cada vez mais nervosa, de pior humor, estava realmente doente e não se sentia senão irritada contra a filha. João não podendo conceber esse coração, dividia-se entre as duas, atenuava, mas à proporção que o amor da filha mais se enraigava, a mágoa da esposa aumentava. Maria, a petiz, tinha uma saúde de vidro. O pai fazia-lhe uma atmosfera de suavidades. Foi ele quem lhe ensinou os primeiros passos, foi ele quem a fez repetir as duas primeiras sílabas formando sentido e quem toda noite até Maria ter cinco anos a adormecia numa vasta cadeira de balanço a cantar baixinho velhas canções de embalar crianças. Aurélia, indignada, à hora de ir ao teatro, surgia.

– Mas é espantoso! Adormecer ao colo uma pequena de cinco anos! Bem diz a mamã que as tuas maluquices estragam a menina! João deitava a filha recomendando à criada mil precauções. No teatro ou onde estivesse a conduzir a esposa, apanhava sempre alguns minutos, tomava um tílburi, ia até a casa ver se Maria dormia bem.

Esses cuidados, o amor incomparável faziam a petiz grata, com a gratidão das crianças que é de tão grande egoísmo. Como a avó levava a fazer-lhe censuras com o pretexto de a educar assim como as tias, Maria odiava os parentes. Como a mãe nos seus acessos neurastênicos dava razão à família e batia-lhe, tinha pela mãe um sentimento muito vizinho do medo. O pai era bem tudo, resumia todos os amores na sua permanente carícia, e fazia-lhe todas as vontades, comprava-lhe brinquedos, brincava com ela, e nada mais agradável para os seus curtos instantes de descanso do que ir fazer com a filha o "chicote queimado", fingir que não descobria um lenço escondido e vê-la rir, rir como riem as crianças pondo um pouco do céu sobre a terra. Enfim ele realizara a felicidade. Havia um ente por quem se sacrificava mas que só no mundo a ele via com amor! E a cada achaque de moléstia, a cada febre violenta da menina, ficava aí perto do leito, sem pregar o olho, olhando-a, exigindo que ela vivesse, com medo dos médicos, da família, de todos. Dos sete anos porém para diante, Maria só adoecera duas vezes e ele estava já pensando num fenômeno de saúde, já descansado, já com o sonho de um futuro risonho ao ver a filha linda, corada, sadia, quando ao entrar em casa encontrava-a assim, a arder em febre. Seria grave? Seria coisa de nada? Maria continuava a agitar a cabecita, os dois olhos injetados.

Então João suspirou de novo. Teria coragem de ir até ao fim, teria energia para vencer nessa nova luta? E foi ao encontro do Guimarães, que entrava acompanhado da Jesuína.

– A Maria, sabes, aquelas coisas... Parece-me sério.

– Vamos a ver. Não te aflijas.

Entrou e começou a examinar a doentinha, demorou o exame num profundo silêncio, em que João parecia de mármore para não deixar transparecer a sua angústia. Depois, pensou.

– É difícil um diagnóstico. Por enquanto vamos dar-lhe um laxativo e um pouco de quinino para combater a febre.

– Quinino! Ela tem horror ao quinino.

– Ora, João, deixa de tolices. Como queres tu combater a febre? Ela tem trinta e nove e oito décimos.

Foi-se a receitar, e como amigo da casa, ordenou a Jesuína levar a receita.

– Volto à tarde. Até logo. Não te aflijas, homem.

João ficou no quarto, tal qual tinha entrado, com o chapéu na cabeça, a sobrecasaca aberta. Era como se tivesse recebido a notícia de que o mundo ia a desaparecer. Estava grave! A pequena no leito crescia da agitação, erguendo os braços, sacudindo a cabeça nas travesseiras. De repente, ergueu-se atirando longe as cobertas, sentou-se.

– Minha filha, que é isso?

– Já é tarde, vou vestir-me.

– Não podes; estás doente.

– Ah! quanto fogo! É um fogo de artifício. Espera. Onde estão as bonitas?

– Maria! Maria! olha teu pai.

– Ah! as baratas, as aranhas. Que porção de baratas! Vamos matá-las, vamos. As bonitas...

Era o delírio. Sem forças para retê-la, temendo magoá-la, João acompanhou-a. A pequena corria a casa, ele precipitava-se para fechar uma ou outra janela, para amparar-lhe os passos titubeantes. Era o delírio. Era a morte. Oh! sim, era a morte! Maria entretanto não caminhou muito. Súbito esmoreceram-lhe as pernas, e ele levou-a ao colo para o leito, aconchegou-a bem, ajoelhou na borda da cama.

– Maria:, descansa; não morras, minha filha, não morras porque eu não resisto!

E sentiu que chorava, que pela primeira vez na vida chorava na presciência da fatalidade inexorável. Mas era preciso lutar, arrancar o seu entezinho ao irremediável. Enxugou as lágrimas, as ideias um tanto confusas. Aquela calma de amor com que reagia sempre outrora se transformara numa agitação febril em que a sua vontade se perdia. Quando os medicamentos chegaram, foi ele mesmo a administrá-los, A febre continuava.

Para o jantar Aurélia entrou, e ainda toda enfeitada no quarto:

– Então que é isso?
– A Maria mal, desde que saíste, parece.
– Não há de ser nada.
– É grave. Já delirou, está delirando. Maria, minha filha...
– Se mandássemos prevenir a mamã?
– Faze o que quiseres, deixa-me; deixa-me!

Ao escurecer, o doutor Guimarães reapareceu. A febre não cedera, antes aumentara. O médico balançou a cabeça. Era impossível fazer ainda um diagnóstico, mas o estado da menina inspirava cuidados. Se não tinham confiança nele, poderiam chamar outro para uma conferência, e mesmo não o preferir... De resto a casa já tinha esse aspecto que precede as tragédias, como se o inanimado, os móveis, os muros, os quadros, os objetos sentissem antes dos homens o arrepio da morte, a passagem da ceifadora. A família de Aurélia aparecera. A velha dogmática arrasava Guimarães e queria outro médico. As irmãs já asseguravam o caso perdido, como de costume. A vontade de João soçobrava. Ele queria estar apenas perto de Maria, não se tirar dali, ser o único a cuidá-la. Então foi pela casa, dirigida pelas mulheres, como um vento de ensandecimento. A primeira conferência relegara Guimarães. Um outro médico moderno e célebre aparecera imaginando banhos quentes e injeções hipodérmicas de quinino, enchendo os aparadores de frascos e de caixetas. Batiam à porta sinistramente os fornecedores. Uma grande banheira foi instalada no quarto. Para enchê-la, cada um trazia o seu jarro d'água a ferver. João calafetava as portas, despia com uma delicadeza infinita a pobre Maria, tomava-a ao colo, depositava-a na banheira com um arrepio, como se estivesse a matar a filha, enquanto o médico contava os minutos. Tornava a pegar da criança, enxugava-a, envolvia-a nos cobertores, quedava-se, com os olhos muito abertos, um vinco de angústia entenebrecendo-lhe a boca. E o médico tomava da agulha, enterrava-a no ventre da filha, indiferente, conversando. Como apesar dos laxativos, o ventre continuava átono, recorreram aos cristéis. Ele os dava só, sabia de todos os remédios e passava a noite, aos pés da cama, olhando a filha. Quando ela dormia, chorava, e murmurava tão baixo que só a sua dor o ouvia.

– Não me deixes, Maria, não me deixes... Ah! não que eu morro, que eu morro! Por que vieste, hein? Para me fazer sofrer? E de uma vez em que estava assim, com a face molhada de lágrimas, ouviu a voz da filha:

– Ah! paizinho! Quanto trabalho está tendo comigo!
– Maria!
– E não vale a pena...
– Meu amor, não fales, ouviste? dorme. Estás muito melhor.

Tocou-lhe nas mãos, e, com efeito, sentiu-as menos quentes. A febre declinara. Uma chama de esperança brotou-lhe no coração. Esperou ansioso a manhã, e quando o médico chegou, disse-lhe quase a sorrir:

– Está melhor. A febre diminuiu.
– Acontece. É do curso da moléstia. Tem trinta e oito graus de febre.
– Então?
– O perigo ainda não desapareceu, meu caro. Sua filha tem uma grave moléstia com períodos fatais. Há quanto tempo caiu? Há oito dias. Desde esse momento os dias têm se conservado firmes, de sol. Esperemos que assim continue o tempo mais uma semana e eu garanto a vida da pobre criança. Mas, se por acaso tivermos uma brusca mudança meteorológica, uma tempestade, o abaixamento da temperatura – é difícil dizer qualquer coisa.

– Então, se o tempo conservar-se firme?...
– E se houver a tempestade...

Certo João Duarte nunca na sua vida se sentira tão a braços com o destino triste. Ouvira falar de moléstias em que a variação atmosférica influi perniciosamente, sabia mesmo o nome de algumas, mas a hiperestesia da sua angústia, a tensão nêurica em que o mantinha a iminência do desastre, aquele ror de noites passadas em claro, o esforço físico de andar com a petiz ao colo já tão crescida, e esse martírio de sofrer n'alma todos os cruciantes sofrimentos físicos da filhinha faziam-no perder a noção nítida das coisas, esbatiam a vida em torno do grande problema: salvar Maria. A ideia da tempestade entrou--lhe no cérebro de matemático, de homem de ciência sem abusões, sem crendices, como o anúncio da catástrofe que era preciso evitar a todo transe. Um tremor convulsivo tomou-o, e sua atenção bipartiu-se entre o céu e a filha com o pavor de um primitivo diante dos elementos. Se chovesse, se no céu lindo rolasse o fragor do trovão e nuvens negras toldassem o azul do firmamento, toda a razão de ser da sua existência naufragaria porque a filha não poderia escapar. Não se tirou mais do quarto. Passava a velar Maria e a ir de vez em quando levantar a cortina para olhar o céu, com um medo supersticioso. Era em novembro, no começo do verão, nessa época de bruscas tempestades em que amainavam os grandes calores. A temperatura subia: o sol era um disco de fogo no azul de cobalto, do céu sem nuvens; e as noites se diluíam num escandaloso luar cor de ouro e cor de opala. Estavam a findar os dias do plenilúnio, iam entrar na minguante. Talvez mudasse o tempo. A febre não cessara, queimando a fogo lento os membros emagrecidos de Maria. A nevrose da casa tivera um hiato de cansaço, à espera do acontecimento. A família dormia pelas salas, sem pouso. Aurélia tivera dois ataques com gritos despedaçadores que faziam no seu leito a doentinha contrair o semblante numa inédita angústia de cadáver horrorizado subitamente voltado à agonia. Ele quedava-se, ouvindo o crepitar da lamparina e o tic-tac do relógio na sala de jantar a coser o tempo no pesponto certo dos segundos. Qualquer outro rumor, o arrastar de uma cadeira na casa vizinha, as vassouradas dos varredores pela madrugada, faziam-no pensar em trovões ao longe, em quedas d'água. Corria então à janela, levantava a cortina, perscrutava o céu calmo. Ah! se não chovesse! Se o milagre se desse! Se Deus quisesse! Até mesmo em Deus ele acreditava, pondo a reger aqueles fenômenos que a sua ciência conhecia, um ser sobrenatural e todo-poderoso. E assim os dias passaram. Um, dois, três, quatro dias que eram para ele a corrida do seu coração, o galope dos sentidos por um túnel de treva à procura da luz anúncio da vida, dias de que contava as horas e os minutos e os segundos como se os sorvesse sedentamente num contador de fel, dias que lhe chupavam das artérias anos de existência.

– Façam uma promessa, segredava às mulheres, vocês que acreditam. Façam uma grande promessa. Eu cumprirei...

As criaturas, incapazes de sentir assim, estavam afinal tocadas de respeito, lamentando tanto a criança como aquela energia humilde que a seu lado se finava por amá-la demais. Os santos surgiam. Havia oratórios na sala de visitas, no quarto de Aurélia, com velas a crepitar. E a febre continuava a ressecar a pele branca de Maria, sempre, sempre, sem descontinuar. No quarto dia – era de madrugada e já João fora várias vezes olhar o céu –, estava sentado a olhar o sono tenebroso da filha, quando pelos seus olhos passou um relâmpago. Não, era decerto alucinação da fraqueza. Correu à cortina e quedou-se com um arrepio de horror. Grossas nuvens vinham vindo do ocidente. A luz da lua era de uma intensidade cegadora, envolvendo de tal sorte o casario que parecia librá-lo numa atmosfera de sol azul, coroando-o de icebergs de frocos. Na linha do horizonte, porém, sucediam-se clarões como os que fazem os canhões ao longe a detonar. Era mesmo um canhoneio de chamas, de que ainda não se ouvia o barulho mas que barravam a barra do céu de putrefações luminosas.

João Duarte correu à filha, apalpou-lhe o braço descamado, que ardia. Nesse momento ouviu-se um grande fragor pelo céu todo. Era o trovão. João passou várias vezes a mão pelo rosto. Era impossível! Era impossível! Talvez ele estivesse tentando os elementos, com a ideia permanente da chuva. Procurou alhear-se, pensar noutra coisa, arquitetou frases vagas, com os ouvidos à escuta, os olhos dilatados.

Esteve assim um instante que lhe pareceu um século. Não resistiu, voltou à janela. Já o céu de um azul de vidro se achamalotava e se rendava de nuvens cor de cinamomo. Qual! Era verdade! A chuva vinha, era fatal! Nunca na sua vida o destino sorrira senão para lhe lançar mais veneno nalma. Assistiria de pé à hecatombe. E depois estalaria, estalaria como estalara o trovão.

Que fazer? O céu em pouco foi todo um licor que baixava, empedrado de nuvens, empurradas pelo vento. A rua, minutos antes banhada de luz, escurecia em treva. Grossos pingos d'água começaram debater na vidraça onde João tinha a face colada. Em pouco os pingos redobraram saraivando nos vidros, e os trovões tonitroavam, trovoavam, fragoravam no arquejo despedaçante do vento alanhando o negror do espaço de coriscos súbitos que rachavam a treva. E, àquela violência, João, como um náufrago, ainda tinha esperança, ainda pensava, que após o temporal voltasse o tempo firme definitivamente, e ainda houvesse um meio. Qual! Aquilo ia acabar, tinha de acabar. Era chuva de durar pouco! Mas a chuva caía, jorrava do espaço violenta e brutal, inundando a rua.

João olhou então a filha. A pobrinha mostrava apenas a face de cera entre os caracóis dos cabelos. As olheiras eram roxas e o nariz afilava na sombra do para-luz. Pobrezita! Estava a descansar. Ele ficaria ali, contra o elemento, proibindo-o de entrar, impedindo-o de passar. As ideias fugiam do seu pobre cérebro sempre resignado. Abriu os braços, nos portais, ficou assim longo tempo, pensando na tempestade, na filha, na tempestade que ia acabar, na filha que não podia morrer. Quanto tempo levou assim? Era impossível saber. Um zumbido tomara-lhe os ouvidos na recordação dos trovões, as fontes latejavam-lhe, e tinha as mãos frias como se as tivesse passado em gelo. Só deu acordo quando viu uma luz baça vir surgindo no espaço e viu que a chuva continuava lentamente, sem fim. Era das que não acabam! Deixou cair a cortina, veio na ponta dos pés até o leito, apalpou o corpo da filha. Estava sem febre, sim! sem febre alguma. Dera-se o prodígio? Seria possível? Então a chuva, a tempestade?... Apalpou bem a testa, o peito, os braços, os pés. Os pés estavam até frios. Ora esta! Um sorriso de satisfação abriu-lhe a boca, onde só a dor deixara vincos. Foi buscar um outro cobertor para os pés da queridinha, envolveu-os bem, e de novo apalpou as mãos. Estavam também a esfriar. Hein? Que era isso? Talvez o corpo, desacostumado da temperatura normal... Qual! era idiota o que dizia! Chamou a filha, baixinho:

– Maria, ó Maria, melhorzinha?

A pobre não respondeu. Também tão fraca! Nem decerto escutara... Chamou mais alto:

– Maria, então? queres deixar o pai do seu coração sem uma resposta? Não vês? Estou só, eu só aqui, eu que sofro contigo, Maria...

Estava atormentando-a com certeza. Ah! que bruto era, que mau! As mãos, porém, esfriavam. Oh! Uma nova complicação na noite, mais dores, mais males, mais horrores. Que seria? Foi até a cômoda, acendeu uma vela, veio ver de perto a sua adoração.

Maria tinha os olhos abertos, bem abertos grandes, largos, abertos. Qualquer coisa de vidro cristalizava-lhe o brilho. E os lábios descerrados mostravam entre os dentes uns filamentos brancos, secos, uns filamentos que nunca vira. À luz da vela as pálpebras não bateram. Uma grossa lágrima rolava-lhe pela face. Já se lhe não sentia o respirar.

João Duarte deixou a vela ao lado, na cadeira, virou-se para um lado, virou-se para outro, passou as duas mãos pela cara, esmagando os dedos de encontro aos olhos, quis falar, quis chamar. Parou, pousou de novo o olhar no olhar que se embaciava, olhou, olhou a filha. Um tremor tomou-o, sacudiu-o, abriu-lhe a boca, como que lhe esgarçou os músculos. As mãos crisparam-se-lhe. E, de chofre, caiu para frente, sem apoio, no chão, com a face de encontro ao pé da cama, estalado de muito amar desgraçadamente.

AVENTURA DE HOTEL

Naquele hotel da rua do Catete havia uma sociedade heteróclita mas toda bem colocada. O proprietário orgulhava-se de ter o senador Gomes com as suas sobrecasacas imundas, o ex-vice-presidente da ex-missão do México, a primeira ex-grande atriz de revista, com o seu cachorro, Mme de Santarém, divorciada pela quarta vez em diversas religiões, o barão de Somerino do Instituto Histórico, um negociante tuberculoso chegado das altitudes suíças com o fardo enorme da esposa, o engenheiro Pereira mais a mulher, mais sete filhos, mais a criada, a notável trágica Zulmira Simões em conclusão da sua última peregrinação provincial em companhia do elegante Raimundo de Souza, duas senhoras entre viúvas, solteiras ou estritamente casadas, enfim, todo um mundo variado, mas que pagava bem. De resto, o proprietário, como assegurava a ex-estrela de revista, correspondia, isto é, servia com cuidado. Havia eletricidade em todos os quartos, um aparelho de duchas no terraço de cima e um cozinheiro chinês.

Ao almoço era curioso ver toda aquela gente na sala de baixo, ornada de palmeiras e de flores comuns, entre os metais polidos das guarnições das mesas. A sala era baixa, com uma luz baça de recanto submarino. Parecia um aquário. A mim pelo menos. As atrizes tomavam ares graves de peixes evoluindo cerimoniosamente no fundo d'água para cumprimentar as damas sem palco; os homens eram reservadíssi--mos. Tudo aquilo mastigava calado, cada um na sua mesa,

71

batendo o talher. Só quando havia hóspede novo é que surgiam frases breves.
– Quem é?
– O deputado Gomensoro.
– Ah!
Sempre grandes nomes, gente importante, um complexo armorial de celebridades funcionárias e de titulares empastilhados. E à noite, no saguão de entrada, saguão de mármore que o gerente forrara de velha tapeçaria e guarnecera de um indizível mobiliário hesitante entre o estilo otomano, os belchiors e o confortável inglês, podia-se ver os representantes de todas as classes sociais desde a diplomacia até o trololó.
Precisamente tínhamos mais dois hóspedes, o velho ministro do Supremo, Melchior, e seu sobrinho Raul Pontes, rapaz elegante, vivaz, espirituoso, com vinte anos irresistíveis. Todos no hotel respeitavam Melchior e gostavam do Raul, e ainda ninguém esquecera a sua verve quando o deputado Gomensoro, depois de apertar-lhe a mão, dera por falta do relógio. Onde se fora o relógio? No bonde? Roubado? Saíra Gomensoro com ele? O Dr. Raul Pontes ria a bom rir. O relógio evaporara-se decerto. Era o calor. E ficou muito bem aquele estouvamento, tanto mais quanto o velho Melchior representante da justiça, mostrava-se incomodado.
No dia seguinte, ao vestir-me para o almoço, lembrei que na minha gravata creme ficava bem um alfinete de turmalina azul com brilhantes do Cabo, linda joia e lindo presente. Abri a gaveta onde deixara à noite. Não estava lá. Abri outras gavetas, procurei, remexi malas e bolsas. O alfinete desaparecera. Quis descer, prevenir o gerente. Mas contive-me. Podia tê-lo atirado para qualquer canto. Quando se quer achar um objeto, a gente está vendo-o e é como se não o visse. Depois uma queixa sem provas contra o criado acirra a má vontade. Menos talvez que as queixas com provas, mas sempre o bastante para sermos malservidos. Eu sou prudente. Três ou quatro dias depois, no saguão, o senador Gomes, que só tinha livros e roupas velhas no seu aposento, perguntou-me de repente:
– Você tem um alfinete de turmalina azul, não?

Além de prudente, sou inteligente. Por que diabo naquele distinto hotel, o senador indagava de um alfinete desaparecido? Tê-lo-ia apanhado por farsa? Era pouco próprio para o alto cargo legislativo, mas para mim uma confiança simpática. Fez-me o efeito de um piparote no ventre. Respondi:
— Tenho sim. Por que pergunta? Ainda hoje saí com ele...

Gomes travara com a genial Zulmira Simões, oráculo teatral de aquém e de além-mar, uma discussão superior sobre Calderon de la Barca, a quem, aliás, ambos imputavam várias peças de Lope de Vega. Em tão elevada esfera da dramaturgia espanhola, Gomes não respondeu à minha pergunta, e eu que nessa noite não saí de casa, ao subir antes do chá, encontrei no corredor apenas o velho Melchior meio abatido, fechei a porta por dentro, dormi e no dia seguinte dei por falta do meu *porte-monnaie* de prata. Coisa estúpida afinal!

O gatuno — porque era o gatuno, não havia dúvida, — o gatuno ou farsista sem graça deixara a minha carteira e deixara até os níqueis, certo para mostrar que aquilo era seu, que aquilo estava ali porque ele voltaria. Que fazer? Prevenir o proprietário? Mas eu estava num hotel tão distinto! Era pouco correto e estabeleceria o desequilíbrio na confiança geral. Não! seria melhor esperar.

No dia seguinte, como voltasse de ouvir o *D. Cesar de Bazan* com Zulmira Simões e o brumeliano de Sousa, enquanto de Sousa subia à frente, a atriz murmurou:
— Ah! meu amigo, este hotel tem casos curiosos... Sabe que fui roubada?
— Sério?
— Sim. O objeto tinha um valor todo estimativo, era um berloque que me dera o Raimundo logo no começo da nossa ligação. Não lhe diga nada que o incomodaria. De resto, não sou eu a única. O Dr. Pontes foi também roubado no seu *porte-monnaie*.
— Como eu!
— O Sr. também? Mas estamos na caverna de Ali-Babá.

Horas depois felizmente rebentava o escândalo. Pela manhã, Mme. de Santarém dera queixa por lhe terem roubado um *face à main* de madrepérola com incrustações de ouro sob desenhos, dizia ela, de um pintor húngaro. E o gerente pôs fora o criado Antônio, porque a ele faltavam também passadores de guardanapos – dois, três por dia. Antônio saiu protestando, furioso. Falou até de processo por perdas e danos. Era um ladrão cínico. E durante o almoço a conversa generalizou-se. Ninguém escapara. O que acontecera comigo acontecera com de Sousa, com o barão de Somerino, com o negociante tuberculoso, com o ex-vice-presidente da ex-missão do México, com a estrela revisteira, com o Dr. Melchior. Todos tinham sido roubados e confessavam por desabafar. Havia até mesmo recordações. O Dr. Pontes, o nosso caro Raul, indagava da genial Simões:

– V. Excia. andava à cata do ladrão naquele dia em que a encontrei no corredor?

– Não; ainda não sabia. Tive apenas um pressentimento. Acho que deviam prender o homem.

– Mas não há provas! exclamava Mme. de Santarém. Não encontraram nada! Era esperto. No dia em que desapareceu o meu *face à main*, não saí do quarto.

– Roubos excepcionais...

– Estamos no domínio dos ladrões geniais.

– Precisamos de um grande agente dedutivo para resolver o crime...

– E prender o Antônio copeiro? Ora para ladrões desse gênero basta a nossa polícia!

Aliás o tal Antônio gatuno parecia mais um doente. O homem afinal não tirara nunca dinheiro, e as argolas de guardanapos do hotel eram lastimáveis como valores. Mas, fosse gatuno genial ou doente, Antônio partira e a confiança renascia. Passamos assim uma semana e, com grande pasmo nosso, Mme. de Santarém e a atriz Zulmira Simões, no mesmo dia, à mesma hora, encontraram em cima do lavatório, uma o seu *face à main*, outra o seu berloque.

É uma aventura! É um caso de diabolismo! sentenciava o negociante tuberculoso.

O hotel convulsionava-se. Só o senador Gomes resmungou:

– Que besta!

E aquela frase dita tristemente preocupou-me. No fundo, porém, o sujo e ilustre homem tinha razão. O gatuno, ou o *sportman* da ladroeira não era Antônio, era outro, existia, anunciava a sua presença, estava ali, ao nosso lado. Audácia? Loucura? Estupidez? No dia seguinte, deu-se por falta do colar de ouro com pedras finas da atriz Simões, os brincos da mulher do tuberculoso sumiram-se. Foi o terror. Os hóspedes trancavam o quarto e saíam levando os valores no bolso, mesmo para almoçar. A limpeza era feita na presença dos respectivos locatários. Já ninguém se falava direito, já ninguém conversava. Havia entre nós um ladrão. Um ladrão! O medo prendia as senhoras aos quartos. Ninguém saía sem necessidade urgente, com receio de ser apontado pelo menos um segundo, como o fora o Antônio. Éramos os forçados daqueles crimes; tínhamos que chegar à tragédia. O gerente, lívido, armava uma polícia interna ferocíssima; os criados serviam, coitados! com uma humildade dolorosa, temendo a suspeita, o ex-vice-presidente da ex-missão do México teimava em escrever ao chefe de polícia, em varejar os quartos.

– Pelo amor de Deus! gemia o proprietário.

– É outra tolice, acrescentava Gomes. Nós temos aqui gente respeitável.

– Pois está claro! dizia logo Mme de Santarém, divorciada pela quarta vez.

E, apesar da vigilância, continuaram a desaparecer objetos. Não era possível! Ou sair, ou dar queixa à polícia.

Uma vez encontrei na cidade Melchior e Pontes, acompanhando Mme de Santarém a uma confeitaria. Eram duas horas da tarde. Voltei à pensão. Por uma coincidência, morava no mesmo corredor que essas três pessoas, mesmo pegado ao senador Gomes. Estava a despir-me, quando senti passos abafados. Abri a porta devagar. Era o alegre e sempre espirituoso Pontes. Vinha para o seu quarto. Mas não. Parou no quarto de Mme. de Santarém, experimentou uma chave, torceu, entrou. Oh! a imoralidade dos hotéis honestos! O felizardo ia gozar as delícias de um *après-midi* amoroso com a honestíssima senhora! Pouco depois, porém, ouvi um leve rumor, espiei de novo.

Era Pontes, com o ar mais natural, que fechava o quarto e andava ligeiro. Quis fazer-lhe uma pilheria, gritar; – aí maganão! ou outra parvoíce qualquer – porque eu sou de natural pândego. Mas deixei para o jantar, recolhi. E no jantar Mme de Santarém, que chegara momentos antes, apareceu transmudada: tinham-lhe roubado o broche de rubis.

Estávamos todos no salão e sustiveram-se todos num pasmo raivoso, quando a gentil senhora bradou:

– Acabam de roubar o meu broche de rubis! Mais um!

Os meus olhos cravaram-se no Dr. Pontes. Tinha o mesmo pasmo dos outros, o mesmo ar, o mesmo olhar.

Uma ideia atravessou-me o espírito. Era ele o gatuno! Não havia dúvida.

Era agarrá-lo ali, logo... Mas se fosse apenas o amante? Afinal era um homem que devia respeitar a família e o tio!

As provas eram contra ele, absolutamente contra. No hotel ninguém poderia lembrar-se de sair depois daqueles roubos. A situação precisava ficar clara. Eu cometeria um escândalo, diria ali que o vira entrar no quarto de Mme de Santarém e as explicações viriam depois.

Ia falar, ia contar tudo, quando senti que pesavam em mim os dois olhos do senador Gomes, enquanto este, balançando a cabeça, balançando a faca entre os dedos, parecia por todos os modos pedir-me para não dizer nada. Gomes sabia! Desde o dia em que falara do meu alfinete! Contive-me. Mesmo porque entravam a Pepita, mais o seu cachorro, ambos desesperados com o desaparecimento de um anel marquise, admirável, segundo a opinião da estrela.

O engenheiro Pereira ergueu-se.

– Gerente! Não fico mais um dia no seu hotel. A situação é delicada para o primeiro que sair do ergástulo, mas eu arrosto-a. Tenho família, tenho uma esposa nervosa e tenho valores. Sou o engenheiro Salústio Pereira. As minhas malas passam pelo seu balcão, para o exame. Tire-me a conta...

O diplomata, que, entretanto, devia cinco semanas, teve um esforço:

– Eu também saio.

Os outros ficaram quietos, incapazes, mas com grande admiração minha, o Dr. Pontes falou:
— Vivemos nesta aflição há já algum tempo. Há um gatuno aqui, ou um gatuno de fora que possui a chave.
— É isso, a chave... atalhei eu.
— Mas apesar do mútuo respeito que nos devemos, a desconfiança existe. Ora, eu já pensei mal de meu tio. Proponho, pois que ao sair daqui, façamos uma passeata pelo hotel, entrando e varejando todos os quartos. Serve?

Eu tinha acabado de sorver o café e admirei Pontes: ou um gatuno esplêndido ou um inocente. Em compensação, o senador Gomes olhava a porta absolutamente pálido. Que se iria passar?
— Serve? tornou a dizer Pontes.
— Mas está claro, fez o Gomes. Partimos todos para a passeata lá da entrada. É o meio alegre de acabar com uma pressão séria.
— Apoiado! Este Pontes sempre o mesmo!

Mas Gomes erguia-se no rumor das exclamações.

Erguia-me, alcancei-o no corredor. Estavamos sós. Sussurrei-lhe:
— O gatuno é ele. Vi-o entrar no quarto da Santarém...
— Não é.
— Então quem é?
— Não sei.
— É impossível negar mais tempo. Ou o senhor diz-me ou eu explico tudo em público. Só o muito respeito...

Gomes teve um gesto alucinado, junto à escada que dava para os aposentos superiores.
— Nada de palavras inúteis. Jura segredo?
— É um crime.
— Jura?
— Juro.
— Pois salvemos uma pobre mulher, salvemos uma desvairada, meu amigo, salvemo-la! Não, pergunte por quê. Amo-a como pai, como amante, como quiser.

É ela que rouba, é ela. Não há meio de impedir. Vou mandá-la embora e ao mesmo tempo tremo de vê-la no cárcere. É louca. Neste momento mesmo estamos à mercê da sorte e do disparate do Pontes, a quem eu devia odiar. Mas vamos salvá-la. É preciso salvá-la. Tudo será restituído. Já tenho feito isso. Psiu! Esconda-se, esconda-se. Aí debaixo da escada. Não a veja, não a veja...

Alguém descia a escada sutilmente. Escondi-me com o coração batendo, enquanto Gomes amparava-se ao corrimão. O silêncio parecia aumentar a vastidão da escada. A voz do Gomes indagou:

– Tudo?

– Sim, meu medroso, sim, eu tinha tudo junto. Toma. E agora, até...

O vulto passou para o saguão de entrada. Da sala de jantar vinham vindo os hóspedes, excitados com aquela investigação policial aos quartos. Trêmulo, lívido, Gomes meteu-me na mão um embrulho, enquanto empurrava nas vastas algibeiras da sobrecasaca e da calça outros pequenos rolos, a dizer:

– Amanhã, restituiremos pelo correio, amanhã saem muitos. Sê bom, salva-a!

Era atroz, era trágico, era ridículo ver aquele homem ilustre e honesto a guardar os roubos de uma cleptomaníaca satânica e era estúpido o que eu fazia! Mas irresistível.

Fosse quem fosse essa gatuna inteligente, era de uma ousadia, de um plano, de uma afoiteza, de um egoísmo diabolicamente esplêndidos. Estiquei o pescoço na ânsia da curiosidade, a saber quem era, a ver quem podia ser no hotel tão cheio de hóspedes, aquela de que me fazia cúmplice, aquela que misteriosamente, impalpavelmente, durante um mês, trouxera ao hotel atmosfera de dúvida, de crime, de infâmia. E, contendo um grito de pasmo, vi Mme de Santarém entrar no saguão sorridente e calma.

O MONSTRO

— **A**h! Eu sou um monstro!
— Palavra?
— E um monstro, meus amigos, que pode confessar os seus apetites sem correr o risco de poder contemplar o mundo através das grades de um cárcere. Eu sou um infame.

Ditas estas palavras, Luciano de Barros estendeu-se, desalentado, no divã e soprou para o ar o fumo do charuto. Era depois de jantar e nós estávamos em casa de Lauriana de Araújo, uma das mais elegantes raparigas, de uma vaga semi-sociedade em falha, sustentada por um velho banqueiro de tavolagens e com grandes pretensões a mulher de espírito e à literatura. Os jantares eram sempre excelentes; o "maître d'hotel" irrepreensível, os serviços lindos, e bem se podia notar naquele ambiente, onde o velho banqueiro tinha o bom gosto de não aparecer, que Lauriana de Araújo sabia escolher com arte uma roda de homens citável. Havia nomes da Academia, nomes da alta elegância, o creme das duas casas do Parlamento, e sempre as altas figuras em trânsito propagador. Naquela casa de jantar cor de morango com frisos de faiança representando a glória de Pomona já tinham estado um embaixador severo e um quase presidente de grande república europeia. Ao acabar os jantares, Lauriana, sempre de rendas brancas, como envolta em espumas, acendia um cigarro e palestrava. Os homens recostavam-se nos divãs e posavam. De vez em quando tocava-se piano. Quase sempre, entretanto, na varanda guarne-

cida de jasmins, ouvia-se um séptuor de instrumentos de cordas. Era perfeitamente agradável. Ninguém ignorava que a anfitriã amável realizara já uma grande fortuna e que sabia, como ninguém, liquidar em seu proveito o dinheiro alheio sem estrépitos escandalosos. Só como amante de um ministro, obtendo concessões entre beijos, no espaço de três meses arranjara quinhentos contos.
— Farsista! Tu, infame? Tu não passas de um ingênuo... Era o conselheiro Andrade, conhecido por quarenta anos de ceias consecutivas, desde o remoto Rocher de Cancale até os desvairamentos dos "cercles" atuais.
— Eu, ingênuo?
— Pois então? Um infame, nunca diz que o é.
— Conforme.
— Afinal, intervinha Lauriana, o Luciano disse que era um monstro quando eu perguntava como compreendia o amor. O Luciano é sempre bizarro. Vai dizer para aí alguma barbaridade e liquida a infâmia.
— É impossível, minha amiga. Por que sou eu o dedicado servidor, e servidor sem interesse, de todas as mulheres? Nunca ninguém me perguntou. E, entretanto, é apenas por um permanente e cruciante remorso. Tenho trinta e dois anos, um físico menos mau, visto discretamente, sou mais inteligente do que o vulgar e tenho algum dinheiro. Para vocês, nada mais banal. Com esses elementos congregados; porém, e com uma alma incapaz de amar e de se dedicar senão à variedade, consigo numa sociedade moderna ser simplesmente o monstro. Como? Ora, como! Fazendo-me amar...
Um prolongado riso correu pelo salão de fumar.
O deputado Almerindo quase engasga, o conselheiro Andrade ergueu as mãos ao teto e o célebre poeta acadêmico Clodomir rebolou positivamente no divã. Luciano continuou tranquilo:
— É preciso partir do princípio que toda a mulher ama. Apenas, porém, ama ingenuamente e deixa-se seduzir, deixa-se amar amando absolutamente uma vez na vida: a primeira. As outras paixões são o resultado do cálculo, do egoísmo, da

satisfação dos desejos. É ela a sedutora e seja para o bem ou para o mal, para elevar o homem ou para perdê-lo, para sofrer-lhe as pancadas ou fazer-lhe da vida um rosário de beijos, o seu papel moral é sempre o ativo.
– Estás a lançar paradoxos.
– Estou a dizer coisas velhas. Mas o ambiente, o meio, conseguem também matar o primeiro sentimento. O amor é um perfume sutil... Uma pequena de sociedade elevada, mais ou menos culta, sabendo que há de casar com alguém da sua roda, talvez não ame nunca. Uma rapariga atirada desde cedo ao torveliriho dos bailes, das festas e dos flertes é uma lutadora prestes a devorar o seu marido próximo. E mesmo as moças de família modesta, desde cedo obrigadas a uma profissão e ao exercício de encontrar um esposo, entregando-se aos maiores excessos de permissão aos namorados, quase sempre fatais, não sentem o amor...
– O amor morreu.
– O amor é eterno, mas nem todos o podem ver, através da perversão do flerte ou das luxúrias perdidas. E a minha imensa monstruosidade está exatamente em procurar o amor, gozar esse perfume e perdê-lo. É, talvez, muito vago o que estou a dizer, mas é horrível. Ando por todos esses clubes e aborreço as mulheres que arrastam vestidos de contos de réis; percorro os bailes e os "rahuts" com medo das "fliteuses"; frequento as caixas de teatro e em cada mulher que se pende para mim, sinto a falsificação. Que fazer? Percorrer os meios humildes, e descobrir, pobrezitas e sem nada, as crianças que ainda não amaram. Imaginem vocês um homem com todos os instintos de perversão da nossa roda como facilmente pode empolgar uma alma ingênua, seduzida apenas pelo exterior.

Dizem que nas grandes cidades não há o tipo ingênuo, a inocência... A inocência é uma propriedade, uma qualidade que passa, mas existe em toda a parte. Nas classes mais pobres, nos meios mais miseráveis é que se encontra mais a flor da inocência, exposta ao vendaval e guardando o perfume, por um prodígio. Desfolhar essa flor, violentamente, como um sátiro, não é crime – é instinto. Gozá-la naturalmente sem a intenção senão de a gozar – é a natureza. Cercá-la, prendê-la, ir aos poucos aspirando-a, desfolhando pétala por pétala, com refinamento, intenção dupla, consciente e ferozmente – é que é monstruoso. E vocês não sabem, não podem imaginar a fúria de caçador que eu desenvolvo para as encontrar, vocês não concebem o gozo meu ao prelibar a volúpia de um beijo de virgem, um beijo sugado na boca ainda não beijada...

Eu vou, eu passo, eu cumprimento. No dia seguinte torno a passar. Três dias depois, mando-lhe uma recordação. Tudo é tão simples com os pobres! Dentro em pouco a criaturinha sente-se envolvida numa atmosfera de cuidados e de delicadezas. A princípio é apenas a vaidade. Um homem tão bem vestido, tão distinto, tão fino, que podia ser amado por lindas mulheres da sua ordem... Depois o orgulho, a sensação de que é melhor do que as outras por ter sido a preferida – orgulho que se perfuma de gratidão, uma vaga, muito vaga sensibilidade. Em seguida, a alegria da intimidade de um ente que não a ralha, que lhe reflete em admirações como um espelho simpático todas as pequenas belezas da sua beleza. Mas, ainda assim, não é amor, é brincadeira agradável, o namoro – o namoro que está para o flerte como a pureza de uma água pura para a falsificação de um vinho mau. Eu persisto, então, continuo, prolongo a grande cena. E de repente a criança sente o ciúme, um doce e ingênuo ciúme que tem zelos até do inanimado, anseia, treme, e ri e chora sem saber por que, toda ela possuída do perpétuo mal da vida. Então, eu sinto no íntimo uma alegria infernal. É o meu esporte, o meu exercício, o meu prazer de homem da cidade. As regras são infalíveis como para todos os jogos, e a vitória sorri-me. Tenho satisfeito o meu desejo?

Não! Ao contrário. É o grande momento, o momento do iniciador. As carícias na mão, puxando essa mão que resiste instintivamente e treme, as carícias nos braços, os contatos fugazes que indicam tudo, um beijo nos cabelos, outro longo, guloso, mordido, na nuca... Gozar as gradações do reconhecimento do gozo, a face que enrubesce, o calor da pele, os olhos que enlanguescem e de repente se dilatam como ao reflexo de um clarão, as frases curtas de negativas... É a fascinação inebriante. Toda a minha tática, entretanto, se faz em torno do que a inocência mais custa a dar: a boca. Eu tenho a nevrose das bocas. Há algumas muito vermelhas. Há outras de um róseo pálido. O movimento da língua passando pelos lábios dá-me crises desesperadas, e certas criaturas quando riem sugerem-me auroras em que eu desejo estancar toda a sede de uma noite em claro, que é a minha vida. Às vezes, o beijo rogado vem de súbito. De outras, a princípio é um leve roçar de lábios, depois uma pressão mais longa, enfim, a absorção, a loucura num ambiente em que mesmo de olhos abertos vejo, sinto, cheiro, ouço toda uma sinfonia rósea dos sentidos...

Na roda, os cavalheiros pareciam um pouco nervosos, e Lauriana batia o leque de sândalo. O conselheiro Andrade, o menos excitado, exclamou, de olhos em alvo:

– Caramba! É uma doença cerebral...

Luciano, de olhos cerrados, parecia em êxtase. Então o poeta indagou:

– E que fazes depois?

– Que faço? Aí tens tu o meu horror. Fico com um grande dó da criança, acaricio-a ainda mais, envolvo-a na jura de um amor infinito, chorando a frieza do meu coração incapaz de amar uma só criatura mais de seis meses. E é o mês dos sofrimentos, em que a vida se me faz dilema: – ou casas com essa rapariga para abandoná-la ou, se a levas contigo sem o casamento, cometes o crime ainda maior de perder-lhe a honra. Então, no silêncio do quarto, pensando nela, vendo-a a todo o instante, soluço, choro, deploro-me, escorcho a alma com a violenta ideia de achar um pretexto para não perdê-la. O amor porém, o amor verdadeiro e um breve perfume da virgindade. É senti-lo e é partir. Eu me debato, mas para que serve? Algumas desvairadas têm vindo até ao desenlace e estão por aí. Outras eu perco de vista, aos poucos, porque mais adiante outras parecem-me ainda em botão.

– Não é muito bonito, mas nada tem de ofensivo.

– Achas?

– Há quarenta anos, sem psicologias malsãs, serias apenas

um bandoleiro. Agora, com essa mania de análises das próprias sensações, é que te julgas um monstro.

Luciano de Barros deitou fora o charuto que se lhe apagara entre os dedos.

– Infelizmente, nós somos levianos, nós os homens, em torno desse grave e doloroso sentimento. Que sou eu? Um homem que borboleteia a sua perversão pelos botões entreabertos da vida. Até é bonito! E quem uma vez sentiu a delícia deliciosa de uma boca virgem que se entrega pela primeira vez, deve ter de mim inveja. Mas, se eu me sinto infame? Ainda agora venho de um caso assim. Era uma pequena de quinze anos, alegre como um pássaro. O seu riso lembrava um chilreio e a sua boca cheirava a rosa. Três meses depois, sincera, nobre, pura, ela amava, amava sem interesse, apesar de paupérrima, sem nunca ter recebido uma dádiva que não fosse inteiramente inútil. Dera-lhe o meu nome, mas ignorava o que eu era, onde morava, qual o meu modo de vida. Amava como se ama aos quinze anos, cegamente, e eu tinha essa sensação meio triste, meio ridícula de me saber amado com um encanto de sonho. Que era ela? Um personagem de conto. Que era eu? O príncipe... A crise do amor na estufa preparada por mim floriu. Talvez eu mesmo estivesse mais apaixonado do que parecia. Propus-lhe a fuga, o rapto. Resistiu com o seu fundo honesto, tanto que lhe propus casamento. Ela sorriu entre lágrimas, erguendo os dois grandes olhos negros. – "Não sabes o que dizes! Somos de condições tão diferentes! Isso é impossível." – "Mas, então, que queres?" – "Nada, não quero nada, coisa nenhuma." Eu voltei, continuei a vê-la, mas insensivelmente, a minha lamentável alma sentia a necessidade do afastamento, querendo conservá-la. Ela continuava tal qual, iluminando o semblante quando me via. Certa vez disse-me: – "Às vezes quase não tenho coragem de voltar a casa, com medo de me matar." – "Vem comigo, então." – "Não. Já hoje chorei tanto..." Eu gozava aquele martírio por minha causa, aquela inocência perturbada pela minha figura... Há quinze dias não a vi à janela. Passei no outro dia, e interroguei à vizinhança. Tinham-na levado os padrinhos por causa de umas crises de choro que a definhavam. E eu estou na agonia, a pensar nessa criatura pura e doce.

— D. João, sossega! Hás de ver a pequena casada, como as outras.

— Ou perdida, sentenciou, grave, Lauriana.

Luciano ergueu-se, consertando a gravata branca.

— Ou talvez morta, porque já tem acontecido...

Então, a linda Lauriana sorriu com infinita tristeza.

— Mas não te julgues, com esse exagero de análise e de pretensão, o único monstro, meu caro amigo. A cidade está cheia desses defloradores do amor. A vida é uma luta de sexos. Há criaturinhas que morrem ceifadas em botão, depois de levemente aspiradas pelos intelectuais gastos como tu. Há outras, porém, que resistem e ficam como eu.

Houve um prolongado silêncio. Ninguém rira. E, só, Luciano de Barros, muito pálido, diante de um grande espelho, parecia pasmo da própria fisionomia. Fora, o séptuor tocava uma valsa lenta, entre os jasmins.

O BEBÊ DE TARLATANA ROSA

– **O**h! uma história de máscaras! quem não a tem na sua vida? O carnaval só é interessante porque nos dá essa sensação de angustioso imprevisto... Francamente. Toda a gente tem a sua história de carnaval, deliciosa ou macabra, álgida ou cheia de luxúrias atrozes. Um carnaval sem aventuras não é carnaval. Eu mesmo este ano tive uma aventura...

E Heitor de Alencar esticava-se preguiçosamente no divã, gozando a nossa curiosidade.

Havia no gabinete o barão Belfort, Anatólio de Azambuja de que as mulheres tinham tanta implicância, Maria de Flor, a extravagante boêmia, e todos ardiam por saber a aventura de Heitor. O silêncio tombou expectante. Heitor, fumando um gianaclis autêntico, parecia absorto.

– É uma aventura alegre? indagou Maria.
– Conforme os temperamentos.
– Suja?
– Pavorosa ao menos.
– De dia?
– Não. Pela madrugada.
– Mas, homem de Deus, conta! suplicava Anatólio. Olha que está adoecendo a Maria.

Heitor puxou um largo trago à cigarreta.

– Não há quem não saia no Carnaval disposto no excesso, disposto aos transportes da carne e às maiores extravagâncias. O desejo, quase doentio é como incutido, infiltrado pelo

ambiente. Tudo respira luxúria, tudo tem da ânsia e do espasmo, e nesses quatro dias paranoicos, de pulos, de guinchos, de confianças ilimitadas, tudo é possível. Não há quem se contente com uma...
— Nem com um, atalhou Anatólio.
— Os sorrisos são ofertas, os olhos suplicam, as gargalhadas passam como arrepios de urtiga pelo ar. É possível que muita gente consiga ser indiferente. Eu sinto tudo isso. E saindo, à noite, para a porneia da cidade, saio como na Fenícia saíam os navegadores para a procissão da Primavera, ou os alexandrinos para a noite de Afrodita.
— Muito bonito! ciciou Maria de Flor.
— Está claro que este ano organizei uma partida com quatro ou cinco atrizes e quatro ou cinco companheiros. Não me sentia com coragem de ficar só como um trapo no vagalhão de volúpia e de prazer da cidade. O grupo era o meu salva-vidas. No primeiro dia, no sábado, andávamos de automóvel a percorrer os bailes. Íamos indistintamente beber champagne aos clubes de jogo que anunciavam bailes e aos maxixes mais ordinários. Era divertidíssimo e ao quinto clube estávamos de todo excitados. Foi quando lembrei uma visita ao baile público do Recreio. – "Nossa Senhora! disse a primeira estrela de revistas, que ia conosco. Mas é horrível! Gente ordinária, marinheiros à paisana, fúfias dos pedaços mais esconsos da rua de S. Jorge, um cheiro atroz, rolos constantes..." – Que tem isso? Não vamos juntos?

Com efeito. Íamos juntos e fantasiadas as mulheres. Não havia o que temer e a gente conseguia realizar o maior desejo: acanalhar-se, enlamear-se bem. Naturalmente fomos e era desolação com pretas beiçudas e desdentadas esparrimando belbutinas fedorentas pelo estrado da banda militar, todo o pessoal de azeiteiros das ruelas lôbregas e essas estranhas figuras de larvas diabólicas, de íncubos em frascos de álcool, que têm as perdidas de certas ruas, moças, mas com os traços como amassados e todas pálidas, pálidas feitas de pasta de mata-borrão e de papel-arroz. Não havia nada de novo. Apenas, como o grupo parara diante dos dançarinos, eu senti que se roçava em mim, gordinho e apetecível, um bebê de tarlatana rosa. Olhei-lhe as pernas de meia curta. Bonitas. Verifiquei os braços, o caído das espáduas, a curva do seio. Bem agradável. Quanto ao rosto era um rostinho atrevido, com dois olhos perversos e uma boca polpuda como se ofertando. Só postiço trazia o nariz, um nariz tão bem-feito, tão acertado, que foi preciso observar para verificá-lo falso. Não tive dúvida. Passei a mão e preguei-lhe um beliscão. O bebê caiu mais e disse num suspiro: – ai que dói! Estão vocês a ver que eu fiquei imediatamente disposto a fugir do grupo. Mas comigo iam cinco ou seis damas elegantes capazes de se debochar mas de não perdoar os excessos alheios, e era sem linha correr assim, abandonando-as, atrás de uma frequentadora dos bailes do Recreio. Voltamos para os automóveis e fomos cear no clube mais *chic* e mais secante da cidade.

– E o bebê?

– O bebê ficou. Mas no domingo, em plena Avenida, indo eu ao lado do *chauffeur*, no burburinho colossal, senti um beliscão na perna e uma voz rouca dizer: "para pagar o de ontem". Olhei. Era o bebê rosa, sorrindo, com o nariz postiço, aquele nariz tão perfeito. Ainda tive tempo de indagar: aonde vais hoje?

– A toda parte! respondeu, perdendo-se num grupo tumultuoso.

– Estava perseguindo-te! comentou Maria de Flor.

– Talvez fosse um homem... soprou desconfiado o amável Anatólio.

– Não interrompam o Heitor! fez o barão, estendendo a mão.

Heitor acendeu outro gianaclis, ponta de ouro, continuou:

– Não o vi mais nessa noite e segunda-feira não o vi também. Na terça desliguei-me do grupo e caí no mar alto da depravação, só, com uma roupa leve por cima da pele e todos os maus instintos fustigados. De resto a cidade inteira estava assim. É o momento em que por trás das máscaras as meninas confessam paixões aos rapazes, é o instante em que as ligações mais secretas transparecem, em que a virgindade é dúbia e todos nós a achamos inútil, a honra uma caceteação, o bom senso uma fadiga. Nesse momento tudo é possível, os maiores absurdos, os maiores crimes; nesse momento há um riso que galvaniza os sentidos e o beijo se desata naturalmente.

Eu estava trepidante, com uma ânsia de acanalhar-me, quase mórbida. Nada de raparigas do galarim perfumadas e por demais conhecidas, nada do contato familiar, mas o deboche anônimo, o deboche ritual de chegar, pegar, acabar, continuar. Era ignóbil. Felizmente muita gente sofre do mesmo mal no carnaval.

– A quem o dizes!... suspirou Maria de Flor.

– Mas eu estava sem sorte, com a guigne, com o *caiporismo* dos defuntos índios. Era aproximar-me, era ver fugir a presa projetada. Depois de uma dessas caçadas pelas avenidas e pelas praças, embarafustei pelo S. Pedro, meti-me nas danças, rocei-me àquela gente em geral pouco limpa, insisti aqui, ali. Nada!

– É quando se fica mais nervoso!

– Exatamente. Fiquei nervoso até o fim do baile, vi sair toda gente, e saí mais desesperado. Eram três horas da manhã. O movimento das ruas abrandara. Os outros bailes já tinham acabado. As praças, horas antes incendiadas pelos projetores elétricos e as cambiantes enfumadas dos fogos de bengala, caíam em sombras – sombras cúmplices da madrugada urbana. E só, indicando a folia, a excitação da cidade, um ou outro carro arriado levando máscaras aos beijos ou alguma fantasia tilintando guizos pelas calçadas fofas de confete. Oh! a impressão enervante dessas figuras irreais na semi-sombra das horas mortas, roçando as calçadas, tilintando aqui, ali um som perdido de guizo! Parece qualquer coisa de impalpável, de vago, de enorme, emergindo da treva aos pedaços... E os dominós embuçados, as dançarinas amarfanhadas, a coleção indecisa dos máscaras de último instante arrastando-se extenuados! Dei para andar pelo largo do Rocio e ia caminhando para os lados da secretaria do interior, quando vi, parado, o bebê de tarlatana rosa.

Era ele! Senti palpitar-me o coração. Parei.

– "Os bons amigos sempre se encontram" disse. O bebê sorriu sem dizer palavra. Estás esperando alguém? Fez um gesto com a cabeça que não. Enlacei-o. – Vens comigo? Onde? indagou a sua voz áspera e rouca. – Onde quiseres! Peguei-lhe nas mãos. Estavam úmidas mas eram bem tratadas. Procurei dar-lhe um beijo. Ela recuou. Os meus lábios tocaram apenas a ponta fria do seu nariz. Fiquei louco.
– Por pouco...
– Não era preciso mais no Carnaval, tanto mais quanto ela dizia com a sua voz arfante e lúbrica: – "Aqui não!" Passei-lhe o braço pela cintura e fomos andando sem dar palavra. Ela apoiava-se em mim, mas era quem dirigia o passeio e os seus olhos molhados pareciam fruir todo o bestial desejo que os meus diziam. Nessas fases do amor não se conversa. Não trocamos uma frase. Eu sentia a ritmia desordenada do meu coração e o sangue em desespero. Que mulher! Que vibração! Tínhamos voltado ao jardim. Diante da entrada que fica fronteira à rua Leopoldina, ela parou, hesitou. Depois arrastou-me, atravessou a praça, metemo-nos pela rua escura e sem luz. Ao fundo, o edifício das Belas-Artes era desolador e lúgubre. Apertei-a mais. Ela aconchegou-se mais. Como os seus olhos brilhavam! Atravessamos a rua Luís de Camões, ficamos bem embaixo das sombras espessas do Conservatório de Música. Era enorme o silêncio e o ambiente tinha uma cor vagamente ruça com a treva espancada um pouco pela luz dos combustores distantes. O meu bebê gordinho e rosa parecia um esquecimento do vício naquela austeridade da noite. – Então, vamos? indaguei. – Para onde? – Para a tua casa. – Ah! não, em casa não podes... – Então por aí. – Entrar, sair, despir-me. Não sou disso! – Que queres tu, filha? É impossível ficar aqui na rua. Daqui a minutos passa a guarda. – Que tem? – Não é possível que nos julguem aqui para bom fim, na madrugada de cinzas. Depois, às quatro tens que tirar a máscara. – Que máscara? – O nariz. – Ah! sim! E sem mais dizer puxou-me. Abracei-a. Beijei-lhe os braços, beijei-lhe o colo, beijei-lhe o pescoço. Gulosamente a sua boca se oferecia. Em torno de nós o mundo era qualquer coisa de opaco e de indeciso. Sorvi-lhe o lábio.

Mas o meu nariz sentiu o contato do nariz postiço dela, um nariz com cheiro a resina, um nariz que fazia mal. – Tira o nariz! – Ela segredou: Não! não! custa tanto a colocar! Procurei não tocar no nariz tão frio naquela carne de chama.

O pedaço de papelão, porém, avultava, parecia crescer, e eu sentia um mal-estar curioso, um estado de inibição esquisito. – Que diabo! Não vás agora para casa com isso! Depois não te disfarça nada. – Disfarça sim! – Não! procurei-lhe nos cabelos o cordão. Não tinha. Mas abraçando-me, beijando-me, o bebê de tarlatana rosa parecia uma possessa tendo pressa. De novo os seus lábios aproximaram-se da minha boca. Entreguei-me. O nariz roçava o meu, o nariz que não era dela, o nariz de fantasia. Então, sem poder resistir, fui aproximando a mão, aproximando, enquanto com a esquerda a enlaçava mais, e de chofre agarrei o papelão, arranquei-o. Presa dos meus lábios, com dois olhos que a cólera e o pavor pareciam fundir, eu tinha uma cabeça estranha, uma cabeça sem nariz, com dois buracos sangrentos atulhados de algodão, uma cabeça que era alucinante – uma caveira com carne...

Despeguei-a, recuei num imenso vômito de mim mesmo. Todo eu tremia de horror, de nojo. O bebê de tarlatana rosa emborcara no chão com a caveira voltada para mim, num choro que lhe arregaçava o beiço mostrando singularmente abaixo do buraco do nariz os dentes alvos. – Perdoa! Perdoa! Não me batas. A culpa não é minha! Só no Carnaval é que eu posso gozar. Então, aproveito, ouviste? aproveito: Foste tu que quiseste...

Sacudi-a com fúria, pu-la de pé num safanão que a devia ter desarticulado. Uma vontade de cuspir, de lançar apertava-me a glote, e vinha-me o imperioso desejo de esmurrar aquele nariz, de quebrar aqueles dentes, de matar aquele atroz reverso da Luxúria... Mas um apito trilou. O guarda estava na esquina e olhava-nos, reparando naquela cena da semi teva. Que fazer? Levar a caveira ao posto policial? Dizer a todo o mundo que a beijara? Não resisti. Afastei-me, apressei o passo e ao chegar ao largo inconscientemente deitei a correr como um louco para a casa, os queixos batendo, ardendo em febre.

Quando parei à porta para tirar a chave, é que reparei que a minha mão direita apertava uma pasta oleosa e sangrenta. Era o nariz do bebê de tarlatana rosa...

Heitor de Alencar parou, com o cigarro entre os dedos, apagado. Maria de Flor mostrava uma contração de horror na face e o doce Anatólio parecia mal. O próprio narrador tinha a camarinhar-lhe a fronte gotas de suor. Houve um silêncio agoniento. Afinal o barão Belfort ergueu-se, tocou a campainha para que o criado trouxesse refrigerantes e resumiu:

– Uma aventura, meus amigos, uma bela aventura. Quem não tem do Carnaval a sua aventura? Esta é pelo menos empolgante.

E foi sentar-se ao piano.

A PARADA DA ILUSÃO

A João de Barros

Como tinha sido aquilo! Diante do espelho, a dar um laço frouxo no lenço de seda, Geraldo sorria o sorriso satisfeito e vagamente mau que têm todos os homens quando recordam uma aventura em que foram os mais espertos. Como tinha sido!... O acaso, apenas o acaso. Pobre, sem pretensões, alugara por uma ninharia aquele casinhoto do morro, bem na rua de Santa Luzia, defronte do mar. O mar é um fornecedor de energia. Contemplar as ondas, aspirar o ar infiltrado de salsugem fazia-lhe bem. Depois, acordava cedo, quase de madrugada, e como a vizinhança era quase toda de pescadores, de banhistas, de jovens dos centros de regatas, ia mesmo de camisa-de-meia, com os pés nus metidos nuns enormes tamancos, ao estabelecimento balneário. Quem o visse grosso, forte, o bigode espesso, a negra cabeleira ondeante, o braço cabeludo, não o diria jamais um estudante de medicina. Havia no seu olhar qualquer coisa dos barqueiros de Nápoles, do langor das serenatas, e na alegria do semblante, na gesticulação, o ar da raça, o ar que não falha. Basta olhar um homem para se sentir donde ele veio. Geraldo começara humilde, de origem italiana. De trabalho em trabalho fizera-se afinal acadêmico, graças à pertinácia da sua inteligência. Mas, por mais querido que fosse entre os colegas, era uma delícia para a sua alma ir arrastar as pernas pela madrugada nos corredores da casa de banhos, quase nu, a conversar em napolitano com os banhistas, os tradicionais banhistas há vinte anos os mesmos.

Era tão bom, tão bizarro! A princípio, postava-se no pátio, junto da barraca do gerente, escura de roupas em trouxas com um quadro das chaves e o bico de gás aceso. Era a chegada dos frequentadores. Havia mulheres pálidas, mães de família acompanhadas de crianças e de criadas, verdadeiros regimentos de cloróticos; havia sujeitos de passo trôpego, reumáticos, beribéricos, talvez tísicos; havia os habituais, senhores respeitáveis, burgueses de ar solene, que tomavam banho de mar desde crianças, aconselhando para todas as moléstias um mergulho no salso elemento; e sujeitos que vinham especialmente para a pândega, as lições de natação, os namoros com apertões debaixo da água, as meninas assanhadas, as *cocottes*, as *cocottes* de uma palidez mortal àquela hora... e havia também muita mulher *chic*, muita mulher de estalo, que os mirones da praia até olhavam de binóculo.

Mas Geraldo não tinha pretensões a conquistas, e aquele espreguiçamento na casa de banhos era apenas uma tonificação para o estudo, que recomeçava horas mais tarde, com o curso dos hospitais, as aulas, os livros. Depois de descansar na gerência ia trocar palavras com os banhistas, rindo, brincando. Afinal atirava-se à água, no meio da algazarra dos conquistadores e das pequenas, e sempre tímido, só metido a gente do serviço. Ninguém o tomaria por um estudante e o próprio pessoal da casa tratava-o familiarmente por tu.

Uma vez, estava no corredor estreito e escuro a conversar com Nicolau, quando mesmo ao pé abriu-se a porta a um dos quartinhos e uma linda criatura loira chamou:

– O senhor banhista, venha cá.

Nicolau adiantou-se.

– Não, o outro. Sim, você mesmo.

Geraldo sorriu enleado. Tomavam-no por banhista! Ele, um estudante, um acadêmico! Mas, ao mesmo tempo que o fato o humilhava um pouco, sentia um desejo imprevisto e romântico de se deixar passar por banhista e ter assim a sua primeira façanha de estudante. Os estudantes são todos leva-

dos da breca! Apertou o braço do Nicolau, disse-lhe em calão de Nápoles que o deixasse, e aproximou-se. A dama loira estava já vestida para o banho.
— Não quero mais aquele banhista velho. Há cinco dias que tomo banho e logo no primeiro pedi-lhe conservar-se o quarto seco. Não há meio. Veja só. Fica você. Quer?
Geraldo curvava-se, sem uma palavra. A dama loira abriu a bolsa de prata, tirou uma nota.
— Tome. Não quer receber? Ora esta! Receba. Para esquentar. Ande lá.
— Grazzie, signorina...
— Diga: é italiano?
— Io sono venuto da Napoli fa tre anni...
— Ah! bem. E quantos anos tem de idade?
— Vinte e due.
A dama loura olhou-o profundamente, teve um leve suspiro, e ainda indagou:
— Como se chama?
— Túlio.
— Venha dar-me banho.
Infinitamente alegre com a aventura, Geraldo seguiu para o oceano a dar banho na dama loura, e quando voltou estava a arrebentar de riso. Não é que a mulherzinha o tomava mesmo por banhista? Entretanto, o imprevisto do caso acendia-lhe o desejo de continuar. Sim, continuaria. E falou ao dono da casa de banhos. O homem, um italiano velho, não gostava de patifarias no estabelecimento. Mas, como era ele, Geraldo, consentia. Os outros riam a perder, um pouco envaidecidos porque, afinal, um estudante era tal qual eles. E Geraldo, que não dissera a coisa na escola por um certo pudor, não faltou mais. Logo cedo lá estava no estabelecimento, de pés nus, calção de meia, camisa aberta. A dama loura chegava sempre às seis e meia.
— Então, Túlio, o meu quarto?
— Pronto patroa, prontinho.
No fim do quinto dia ele fazia tão bem o papel de banhista de opereta, que ela lhe disse o nome. Era Alda Pereira,

brasileira, do sul, tinha vinte e sete anos, e um protetor sério, o senador Eleutério, que a tomara depois da separação do marido. Dizia essas coisas naturalmente, aprendendo a nadar.

— Ai! não me afogues, rapaz. Morrer aos vinte e sete anos...
Ou então:
— Palavra de rio-grandense e de Alda Pereira que aprender a nadar custa!
Ele sorria, queria levá-la para longe.
— Não, que o senador Eleutério pode saber; e eu, meu filho, depois que me separei do meu marido, tenho muito medo do ciúme...

Uma suave intimidade brotava aos poucos daquela hora de banho.

Ele procurava termos vulgares, copiava o rir dos outros, dizia coisas grossas com um ar ingênuo, o seu tom de analfabeto, e ela parecia ter cada dia mais confiança. Já se encostava ao seu ombro, já lhe agarrava o pulso potente de certo modo. Uma vez perguntou-lhe:

— Você, um rapaz inteligente, por que não muda de vida?
— Para que, signorina? Aqui vivo, aqui hei de morrer...
— Criança! E não tem aspirações?
— Não, signorina!
— Aposto que nem sabe ler?

Ele parou um instante atônito. Estaria ela a brincar, já sabedora de tudo? Seria o caso de avançar e não gozar mais o prazer de ser conquistado. Mas Alda tinha uma expressão de tão velutínea piedade, que não hesitou na farsa. — É verdade. Nem sei ler.

— Meu Deus! Um rapaz de vinte e dois anos que não sabe ler!

Os seus olhos nesse dia tornaram-se mais úmidos, e ao rebentar de uma onda na ponte ela se deixou positivamente cair no seu largo peito. Não tinha dúvida! A mulher amava-o como certas damas amam os impetuosos adolescentes das classes baixas; a criatura era uma nevrosada romântica. Decididamente estava de sorte.

No dia seguinte, à saída, Alda Pereira indagou:

– Ó Túlio, quereria você aprender a ler?
– A signorina paga o professor?
– Ensino eu mesma.
– Então quero. Onde?
– Vá à minha casa. Logo, à noite, às sete; é a melhor hora.

Ele arranjara um dólmã de brim, um capote comprido; comprara o lenço de seda e um chapéu desabado para aparecer com a cor local. E fora. A dama loura habitava, numa rua transversal à Lapa, uma casa elegante e discreta, com duas criadas apenas. Fizeram-no entrar para uma saleta de estilo moderno, em que os móveis eram incômodos e as paredes tinham mulheres de túnica soprando trombetas. Alda lá estava.

– Entre, Túlio. Nada de acanhamentos. Francine, deixa a porta aberta... Sabe que já lhe comprei o seu livro? Sente-se, menino, sente-se...

Evidentemente, ela estava comovida, com um riso nervoso, as faces coradas. Ele achava aquilo deliciosamente ridículo. Outro qualquer teria avançado; a sua natural timidez, a pretensão de levar a cabo uma fantasia inibiam-no de um movimento de ataque. E parecia-lhe o cúmulo aprender o alfabeto ensinado por aquela interessante mulher, tal qual nos vaudevilles franceses, numa cena de burla. Sentou-se. Ela mostrou-lhe o livro na mesa, aproximando a cadeira do outro lado. E começou a ensinar, com a voz molhada de mistério.

– Que letra é esta?

Geraldo fazia-se inteiramente bronco, curvava-se muito para sentir os loiros cabelos dela roçando-lhe ao de leve a fronte. Às vezes as mãos se encontravam. As dela estavam geladas. As dele eram de brasa. Ao fim de uma hora, ela disse num suspiro:

– Bom, vai embora.

Ele quase não podia falar. Curvou-se mais, respirando forte, e ia tocá-la quando ela chamou:

– Francine, acompanha o Túlio até a porta...

Como saiu ele furioso! A sua vontade foi declarar a verdadeira posição, tomar uma atitude. Mas, para quê? Não teria realizado nada! Não a gozaria! Era uma aventura falha. Nunca!

Tivesse que estudar o alfabeto a vida inteira – aquela, ao menos, não lhe escaparia. E, desde a madrugada, foi esperá-la na casa de banhos, apaixonado. Sim, de fato, apaixonado. Ele não estava senão apaixonado. A paixão é quase sempre o desejo de um triunfo, que se imagina de um certo e determinado modo. Há sempre um vencedor na alma de um amante. Ele queria pregar uma peça. Que peça? Enfim, queria confundir a linda mulher de estranha vontade. E Alda Pereira parecia também amá-lo, porque apareceu de olheiras, com um ar fatigado.

– Sabe que estudei? fez ele, olhando-a fixo.
– Palavra?
– Quer tomar a lição hoje?
– Não, amanhã...

Ele se preparou, e foi. Já sabia o alfabeto. Alda Pereira sorria, enlevada.

– Mas como é inteligente! Vamos a soletrar. Olhe que você pode dar orgulho a um professor.

A aula ia continuar. Ela tinha a cabeça curvada, mostrando a nuca nua.

Ele estava encostado à mesa, com aquele tom vulgar e potente, que o seu físico ajudava. A luz era tênue. Geraldo moveu apenas a cabeça e roçou o bigode no pescoço venusto. Ela estremeceu, estendeu as mãos e suspirou como uma rola.

– Ah! Túlio...

Ele firmou os lábios polpudos e apertou-lhe as mãos. Ela se debateu, voltou a cabeça e a sua boca purpurina, ansiosa e ávida, sugou o lábio de Geraldo. Nem uma palavra. Estavam num outro mundo. Ele caiu de joelhos, ela pendeu, rolaram os dois. Era frenética e deliciosa. Deliciosamente deliciosa. A própria paixão a vibrar. E Geraldo voltou ao casinhoto, outro homem, aturdido, sem compreender o que via, a lembrar-se dos seus abraços e das palavras suas:

– Túlio! Túlio! não digas a ninguém! É a minha vida! Lembra-te do que fiz por ti. Só o amor, muito amor...

A vida de delírio começou então. Ela entregava-se e sentia-o como um imenso acorde do seu próprio ser. Cada beijo era uma revelação, cada abraço a dissolução de um mundo. E a necessidade de ocultar de olhares profanos aquele sentimento ainda mais os incendiava. No banho, ela estudava o momento de apertá-lo, de mordê-lo, esperava com a porta do quarto entreaberta para um beijo; em casa, as lições de leitura eram a leitura de Paulo e Francesca, no verso de Dante. Jamais, porém, ela mostrava desconfiar da sua verdadeira situação, e Geraldo, sentindo-se indigno de si mesmo, continuava a ser o banhista Túlio, sem forças para dizer a verdade.

Afinal, o senador Eleutério soubera do caso, e, mais pai do que amante, resolvera mandar Alda à Europa, a ver se o escândalo terminava. Alda chorava, queria viver sem roupas, em Santa Luzia, com o seu Túlio, e fora um verdadeiro trabalho o convencê-la de uma breve separação.

– Tu queres, Túlio?
– É para teu bem.
– Queres mesmo? É o nosso amor que matas...

Eleutério comprara as passagens, combinara tudo. Era no dia seguinte que Alda partiria. Geraldo, preparando-se para a última visita, relembrava aqueles dois meses loucos de romantismo. Como aquilo fora! Era lá possível prever? Antes, porém, da partida era preciso dizer-lhe a verdade. Ele ia para o último ato.

Então penteou o cabelo como os banhistas, com muita brilhantina, pôs o chapéu e o capote, consertou ainda uma vez o lenço de seda e partiu. Alda estava na mesma sala da primeira vez, muito abatida. Estendeu-lhe as mãos e a boca.

– Meu amor... A última vez!

E deixou-se cair.

– Alda, que é isso? ânimo...
– Lembras-te? Há dois meses!... Quanto amor! Quando te vi, desde que te vi, meu amor, amei-te. Que me importava que tu fosses banhista? Se era a tua carne, o teu corpo, os teus olhos que eu desejava, meu adivinhado querido... Nunca, nunca mais sentirei o que senti por ti, no mar, quando te tinha a meu lado, forte, meu, fiel... Dize!... Nenhuma outra será como eu. Pois não?

— Mas, Alda...
— Àquela casa vão tantas mulheres! E tu tens que servir a todas, tens que as segurar, tens que as salvar...
Geraldo viu que era o momento.
— Alda, tenho que te dizer...
— Não digas! não digas nada!
— Não, há um engano; um engano que não pode continuar.
— Não há, Túlio, não há!...
— Há.
— Pois deixa-o!
— Não. Tu pensas que eu sou o banhista Túlio, nascido em Nápoles.
— E não és? És sim, és o meu Túlio.
— Criança! Eu sou estudante de medicina, chamo-me Geraldo Pietri.
Mas, como Alda recuava, com a fisionomia demudada, Geraldo teve um resto de piedade.
— Sim, Geraldo, estudante, que se fez passar por banhista para te amar... Um silêncio tombou. Alda sentara-se. Depois, como Geraldo se aproximasse, sorriu, afastando-o.
— Não, senta-te. Ou vai-te. É melhor ires. Vai-te.
— Mas a nossa última noite?
— Vai-te.
— Zangaste-te?
— Não, pensei que tinhas mais espírito. Não tens. Eu sabia, ouviste? eu sabia desde o primeiro dia, quem eras tu. Se não soubesse, teria perguntado por ti e dar-me-iam informações. Eu sabia. O meu amor nasceu de uma brincadeira. Tudo na vida é ilusão e só a ilusão é verdadeira. A verdade é a mentira porque é o comum e o vulgar. Amei-te, querendo fazer desse sentimento uma parada de gozo superfino em que ambos nos esforçássemos por dar a cada um a ilusão. Nunca se desengana uma mulher porque não se mata a ilusão. Eu amava um ser idealizado, que seria chocante se fosse verdadeiro, um banhista imprevisto, um selvagem, filho do mar e das canções, em ti que o fingias bem. Tu mataste Túlio. Que me importa a mim o estudante Geraldo? Já nem parto. Não é preciso. Adeus! E nunca, ingênuo rapaz,

queiras ser verdadeiro nas coisas do sentimento que ama a ilusão.

    Geraldo, nervoso, sem saber o que fazer do seu chapéu calabrês, sentia a lamentável, uma curiosa e lamentável sensação de que retomava o seu eu; um eu vulgar e comum. Alda fez-lhe ainda um vago gesto. Na rua, outra vez, envergonhado, furioso, triste, o pobre rapaz deitou quase a correr, com o receio de que o conhecessem ainda malvindo da parada romântica. E só no quarto humilde é que pôde chorar, chorar longamente não ter sabido guardar integralmente o princípio da vida – a ilusão...

UMA MULHER EXCEPCIONAL

— Está a brincar!
– Sério. É irrevogável. Preciso um pouco de ar, um pouco de descanso, de repouso, de sossego. A vida desta cidade ataca-me muito os nervos...

Era no salão de Irene de Souza, o salão em que a esplêndida atriz fundira o confortável inglês com o luxo do antigo, espalhando entre os divãs fartos da casa Mapple, bergéres mais ou menos autênticas do século XVIII, contadores do tempo de Carlos V, e por cima das mesas, por cima dos móveis, nos porta-bugigangas de luxo, marfins orientais, esmaltes árabes, estatuetas raras, fotografias com dedicatórias notáveis. Irene de pé, diante da secretária, sorria, estendendo-me as duas mãos finas, nervosas, enquanto os seus dois grandes olhos ardiam mais loucos e mais passionais.

Irene de Souza! Que legenda e que beleza! Os seus inimigos asseguravam-na apanhada como criada de servir perto de um quartel para os lados de S. Cristóvão; outros diziam-na filha de uma família muito distinta do Sul. Ao certo porém ninguém sabia senão aquela aparição brusca no teatro, bela como a Vênus de Médicis, a arrastar nos decadentes tablados cariocas vestidos de muitos bilhetes de mil, criados pelo Paquin e pelo Ruff. Não era uma pequena qualquer. Era a bela Irene de Souza que queria ser a boa, a humilde, a simpática, a talentosa Irene. A crítica fora jantar a sua "vila" de Copacabana, onde Irene, ao nascer do sol, num regime essencialmente esportivo, fazia duas horas de bicicleta e sessenta minutos de natação. E a crítica suportara o seu companheiro Agostinho Azambuja, empreiteiro, rico, casado; a crítica elogiara Irene, e de chofre todas as atrizes, todos os cabotinos sentiram-se diminuídos lendo no cartaz, em grossas letras, o nome de Irene *en vedette*, de Irene repentinamente *footlight*. Ela continuava tão boa porém, tão amiga, tão simples, tão séria... Tão séria? Deram-lhe todos os amantes imagináveis em vão, por vingança afirmaram que os seus dentes como os seus sapatos eram feitos em Paris, emprestaram-lhe instintos perversos, e foi célebre a frase de um jornalistinha desprezado: De pé é a Vênus de Médicis, deitada é a Vênus Andrógina. Mas Irene mostrava o claro fio da dentadura com uma despreocupação tal, tratava tão camarariamente os homens que a calúnia tombou.

De resto Agostinho Azambuja tinha uma confiança muito elegante. A lenda era esse homem vulgar, possuído de uma paixão devoradora, agarra uma pobre rapariga no mais reles alcouce e fizera-a uma obra sua para dominar a cidade, uma mulher perfeita, falando quatro ou cinco línguas, conhecendo música, vibrante de arte e de elegância que é a arte de ser sempre a tentação. Mas a paixão, o ciúme, esses paroxismos fatais de quem quer muito bem, Azambuja encobria-os numa serenidade de bom tom, talvez mesmo para Irene, deixando-a sair só, não lhe perguntando nunca de onde viera, recebendo na própria casa os apaixonados que a ela poderiam ser úteis para o reclamo, colocando-a numa posição verdadeiramente superior, sem esquecer o lado prático, porque lhe assegurava o futuro, comprava-lhe casas, joias. No dia em que correu ter o Azambuja presenteado Irene com uma baixela de ouro lavrado, herdada do avô, um vago judeu argentário, as mulheres tiveram a certeza da superioridade da rival, e foi notada a resposta do Azambuja a Etelvina, primeira ingênua casada e adúltera da companhia:

– Minha filha, já não estou na idade de satisfazer os caprichos de uma mulher. A Irene quem a fez tal qual fui eu. Vivo do orgulho que ela me dá. É o meu *chic*.

– E se o trair?

– Tem bastante espírito para o não fazer, e lucrarias mais se fosses sua amiga.
Mas isso é que ninguém concebia: a Irene sem enganar o Azambuja. Afinal era uma rapariga de vinte e cinco anos, um verão ardentíssimo, uma beleza que chamava paixões! Muita vez no seu camarim, forrado de seda cor-de-rosa, faziam-se comentários.
– Mas não ama o velho Agostinho?
– Está claro que não o posso amar como Julieta a Romeu. Há uma grande diferença de idades. Mas respeito-o e sou-lhe grata. É quanto basta. Eis a razão porque resisti a princípio e hoje sou invulnerável.
– Francamente?
– Deve compreender que seria muito parva se fosse perturbar a minha vida e a beleza que vocês proclamam com uma paixão. Ora só a paixão poderia influir. Essa não vem, não vem, e não virá nunca. Conheço os homens.
De fato, tinha razão. Como o seu sorriso tomava-se cortante, as narinas palpitavam e com o seu ar de Diana à caça, ela permitia-se abraços e beijos com as companheiras, mais falsas que a onda, logo se formou irrevogável a legenda.
– Irene? Amantes não... A Irene procura alguém de quem o Azambuja não tenha ciúmes. Lembrar-te da frase do Gomide?
A legenda foi mesmo tão espalhada que súbitas ternuras apareceram, e alguns camarotes eram insistentemente ocupados pelas mesmas damas nas noites das suas representações, e vários convites surgiram para tê-la na companhia de senhoras bem cotadas.
– És uma criatura imperfeita, disse-lhe eu um dia.
– Porquê?
– Porque não amas o amor. Lembra-te dos versos do Poeta:

Que os vossos corações aprendam a viver,
Amando o amor, amando a perfeição,

A perfeição da alma que nos traz o prazer
Supremo e a suprema ilusão!

Ela suspirou, tristemente.
– Se é assim? Que hei de eu fazer? Mas que romântico, Deus!

E todos nós, jantando nas suas pratas, escrevendo a respeito do seu talento, tínhamos aceitado o caso como definitivo. Até Irene mesmo, mostrando predileções excessivas, parecia sossegar com a esquisita calúnia e mostrava uma alegria, uma imensa satisfação na vida. De modo que aquela partida brusca, após seu último sucesso agradável numa comédia inglesa, era de desnortear. Ao saber a resolução pelo velho Azambuja na rua, eu tomara um tílburi, interessado como diante da saída de um ministro, e estava ali, interrogando-a, no meio da desordem do salão, onde havia malas, chapéus, plumas e um intenso cheiro de heliotropo.

– Mas por que partir, Irene?
– Porque é preciso.
– Uma briga com o Azambuja? Não? Aquele ataque da Suzana Serny? Também não? Então? Querem ver que afinal tem uma paixão?

Irene sorriu, no seu quimono rosa, guarnecido de uma leve renda antiga.

– Paixão? Sabe o que estava a fazer, quando entrou? Estava a limpar a secretária, a rasgar declarações amorosas e a atirá-las para este cesto. Tudo quanto está vendo nesta nesta secretária, tudo quanto vê neste cesto – é paixão!

Recuei assombrado. Nunca tinha visto tanta paixão reunida e um sorriso tão destruidor nos lábios de Irene.

– Oh! não se assuste! Essa paixão é uma das faces do meu amor ao teatro. O Azambuja sabe e, às vezes, lê as cartas comigo. Guardo os artigos de jornal num álbum e a chama amorosa na secretária. Algumas ainda não li, mas foi por falta de tempo...

– Cruel!
– Oh! É lá possível ler tudo quanto a tolice humana escreve? Recebo as cartas de bom humor porque é impossível zan-

gar, e acabo considerando-as a homenagem anônima, uma espécie de palmas num teatro cheio. Quer lê-las?
Uma ansiedade invadiu-me.
— Irene, nunca amou? Francamente? Posso ler todas, todas?
— Todas, fez ela. Sem receio. Divirta-se! Eu vou mandar fazer um pouco de chá, feito da flor, enviado diretamente da China para um inglês rico que me adorou em vão.
Ergueu-se. Houve um deslocamento de perfumes. A meus pés o cesto abria a fauce abarrotada; diante das minhas mãos a secretária escancarava-se. Hesitei, olhei-a, não resisti.
Ah! o estranho capítulo de psicologia, a descraziante página de análise! Daquela papelada subia como uma fúria de paixão, de doença, de loucura. Havia mais de quinhentas cartas, havia mais de mil postais e nesses quadriláteros de papel ardia um arco-íris passional desde a chama roxa da melancolia à chama rosa do amor precoce. A primeira carta que abri tinha ao canto um passarinho voando, e começava assim: "D. Irene, queira desculpar, ao receber estas maltraçadas linhas que lhe envio do Internato. Tenho quinze anos e vi-a ontem. Como é bonita!"
— Conheceu?
— Nunca o vi. Pobre pequeno! Do seu primeiro amor não guardará ao menos más recordações.
— Cá tenho outro: "Senhora. As horas fogem e a esperança fica. Quem a chamou de feia e a senhora não sabe quem é."
— Quantos nestas condições! Vá vendo...
Eu ia com efeito vendo. Peguei de outro: "Adeus, flor da minha vida! E que nas outras cidades deixe os mesmos corações despedaçados. — Maníaco."
— Este confessa-se maluco!
— O que não fazem os outros...
Mas as tolices, os gritos de paixão, que são sempre ridículos, não acabavam mais. Eu lia versos, lia pensamentos patetas, via toda a palpitação ingênua do coração dos homens; ameaças de suicídio, ofertas de dinheiro, descrições de vida futura, pedidos de uma humildade de rafeiro, agonias com erros de português, máximas idiotas e generosas: "A amizade da mulher tem um encanto mais suave do que a do

homem: é ativa, vigilante, terna e durável", graças nevrálgicas de palhaço amoroso. Deus! O amor, que dolorosa moléstia... eu não sei por que um nervosismo incompreensível fazia-me trêmulos os dedos, eu procurava com ânsia, humilhado, espezinhado, como se fosse responsável por todas as sandices do meu fraco sexo.

– A carta anônima é às vezes melhor que a carta de amor!
– Sabe que teve um pensamento?
– Como os que acabou de ler?
– Não, um pensamento diamantino.
– Pois venha tomar chá.

A criada servia, com efeito, o chá num lindo "tête-à-tête" de porcelana com guarnições *en vermeille*. A encantadora Irene parada; os seus olhos pareciam levemente inquietos. Eu continuava a remexer a secretária. Uma das missivas era enorme. Abri-a. "Peço a V. Ex. que me perdoe a ousadia, e, genuflexo, reclamo o seu carinho para os queixumes de um coração sofredor. Não sei fazer poesia, sou imensamente avesso às flores de retórica e suponho que não me igualarei ao gorjeio dos rouxinóis ou às asas das borboletas inquietas.

– Basta! Basta! fez Irene, tapando os ouvidos.
– É a paixão.
– Venha antes tomar chá. Olhe a frase de Ibsen, na *Comédia do Amor*: O amor é como o chá. Bebamo-lo.
– Ah! minha querida! Como os homens são idiotas! Essa mania de escrever cartas de amor é bem o sintoma de inferioridade. Se eles soubessem o fim das suas letras e o pouco-caso que delas fazem as mulheres. Ainda não tive amante que com ela não rasgasse as cartas dos que me tinham precedido.
– Era uma afirmação de que pelo menos no momento não o enganavam.
– Quem sabe?

Ela sorria com a chávena na mão. Era realmente bela. Toda de rosa, naquele quimono de seda, lembrava uma flor maravilhosa, uma flor de lenda, inacessível aos mortais. Eu compreendia a futilidade, a tolice, a miséria lamentável dos homens, diante da sedução de Vênus Vingadora, da Vênus que não se entregara nunca, e era honesta sem amantes, sem crimes, sem calúnias...

Mas por que ia ela para a Europa? Por que me humilhava com aquela intimidade de correspondência aberta? Por quê? Os meus dedos encontraram uma gaveta. Abri-a. Nunca a linda Irene de Souza amara um homem! Era honesta, era o polo do desejo! Ah! não... várias cartas. Apanho uma ao acaso. Um selo italiano. Tirei-a do invólucro: "Cruel. Hei de matar-te se alguma vez te encontrar a jeito. Não me quiseste e eu peno, peno há cinco anos. Conto que ainda hei de ver o teu sorriso indiferente, 6 8, 6 8, oitavo do século, no mesmo lugar. Preciso muito..."

Não continuei.

– E olhe que tem também um doido.

– Palavra?

– Um sujeito que está na Itália, ao que parece. Fala do número 8, chama-a cruel.

– E eu que ainda não tinha lido! Com efeito. É curioso. E assina-se César! Não faz coleção de selos? A filatelia está em moda.

– Como todas as parvoíces inofensivas. Ainda lá não cheguei.

Depois, parei. Ela estava preocupada, séria, um tanto fria talvez. Decididamente aborrecia a bela Irene de Souza. E era de compreender. Irene preparava a sua partida, desejava estar só. Curvei-me.

– Adeus, então. Seja mais humana lá fora.

– Eu? Com os espias e as agências de informação pagas pelo Azambuja? Da última vez que estive em Paris, Azambuja mostrou-me um *dossier* tão copioso que eu pensei no *Aftaire Dreyffus*. Qual, meu amigo, sou invulnerável. E rindo alegremente: já se vê que *pour cause...*

Saí varado, porque afmal não há nada mais impertinente do que encontrar realmente honesta uma mulher que não tem o direito de o ser, e indo pela Avenida Beira-Mar a matutar naquela criatura expecional encontrei o velho Justino Pereira, a passear também.

– Poesia?
– Não, ideias. Venho da casa da Irene.
– Boa pega!
– Oh! não, um espírito prático, incapaz de amar. Mostrou-me verdadeiras cascatas de amor.
– As mulheres nunca mostram todas as cartas. É o seu grande trunfo.
– Velho céptico!
– Mesmo porque há cartas que os maridos e os amantes podem ler, cartas desvairadas, sem sentido... Que cara a tua! Pareces criança. Pois meu tolo basta uma combinação prévia, basta uma chave do sentido oculto. Por exemplo: Hei de matar-me. Tradução: Não deixes de vir. Peno há cinco anos. Tradução: Preciso de dinheiro.
– Ora o fantasista! Não me vai dizer que a Irene tem amantes.
– E se disser que tem mesmo uma espécie de gigolô, a quem sustenta?
Indignado, como se fosse uma questão de honra pessoal, estaquei.
– Sr. Justino Pereira, nada de calúnias. Irene está acima de maledicência. O senhor calunia e é pelo menos incapaz de nomear o tal gigolô.
– Oh! filho, fez Justino a sorrir. Soube-o por um acaso, não tenho que guardar. É até um lindo rapaz, corpo de esgrimista, olhos devoradores. Nasceu em S. Paulo, chama-se Victorino Maesa e partiu há dois meses para a Itália.
Como me visse pálido, aturdido, sem saber o motivo daquela emoção, sem saber que como um imbecil eu tivera a carta na mão:
– Estás apaixonado? Contrariei-te? Todas as mulheres são excepcionais quando se lhes quer prestar atenção. Mas no mundo não há uma que não tenha um segredo simples, que lhe mostra um reverso inteiramente diverso da aparência...
E desatou a rir enquanto eu esforçava-me por fazer o mesmo.

A MAIS ESTRANHA MOLÉSTIA

A Afrânio Peixoto

Era o momento verde, o momento do aperitivo outrora absinto, hoje uma série de envenenamentos de cores variadas e de nomes ingleses, a que a leve estética sem inventiva dos cafés e das confeitarias continuava de chamar sempre o momento da água glauca. Por hábito, sentara-me a uma das mesas do terraço de confeitaria, os olhos perdidos na contemplação de Avenida, àquela hora vaga tão cheia de movimento e de ruído. No asfalto da rua era a corrida dos carros, apitos, trilos, largo bater de patas de cavalos, chicotadas estalando no pelo das magras pilecas dos tílburis, carroções em disparada, cometas de automóvel buzinando arredas, gente a correr, ou parada nos refúgios, à espera de um claro para poder passar, o estrépito natural do instante, à hora da noite nas cidades. Nas calçadas uma dupla fila de transeuntes sempre a renovar-se, o cinema colossal de homens das classes mais diversas, operários e dândis, funcionários públicos e comerciantes, ociosos e bolsistas, devagar ou apressados ao lado de uma multicor galeria de mulheres, a teoria infinita do feminino para os gêneros: pequenas operárias, *cocottes* notáveis, senhoras de distinção, meninas casadeiras, simples apanhadoras de amor. As sombras, a princípio de um azul-furfureáceo, depois de um cinza-espesso, iam preguiçosamente espalhando o veludo da noite na silhueta em perspectiva das grandes fachadas. À beira das calçadas, a pouco e pouco os pingos de gás dos combustores formavam uma tríplice candelaria de pequenos focos, longos rosários de contas ardentes, e era aqui o estralejamento surdo das lâmpadas elétricas de um estabelecimento; mais adiante, o incêndio das montras faiscantes, de espaço a espaço as rosetas como talhadas em vestes d'Arlequins dos cinematógrafos, brasonando de pedrarias irradiantes as fachadas. Ah! os contos de fadas que são as cidades! Os meus olhos se fixavam na confusão miriônima das cores, vendo em cada roseta um caleidoscópio, sentindo em cada tabuleta o sonho postiço de um tesouro de Golconda, a escorrer para a semiopacidade da noite cascatas de rubis, lágrimas de esmeraldas, reflexos cegadores de safiras, espelhamentos jaldes de topázios, e eu recordava outras cidades, outras casas, o eterno boulevard, suprema orquestração do bom gosto urbano. Que fazer? Os meus olhos descansaram na multidão.

Algum tempo depois, reconheci, como tendo perdido alguma coisa, os olhos à procura, o nariz ao vento, o delicado Oscar Flores, um ente muito fino, muito sensível, do qual diziam horrores e que de resto parecia ter n'alma um fatigante segredo. Os segredos fizeram-se para ser contados. Tudo vai de ocasião. Que estaria Oscar Flores, com a sua palidez e as suas lindas mãos, a procurar assim? Esperei alguns minutos olhando a ver se via a causa daquela aflição e por fim, quando o jovem se resolvia a continuar, chamei-o ruidosamente. Ele voltou-se, como se fosse apanhado em flagrante. Estava visivelmente contrariado.

– Vem daí tomar um aperitivo.
– Não obrigado. Tenho que fazer.
– Pois se já perdeste a pessoa a quem acompanhavas?...
– Viste? fez ainda mais pálido.
– Vi, isto é – sossega – vi que procuravas alguém.

Ele teve um suspiro, deixou-se cair na cadeira. Já agora tomava um *cock-tail*. O seu caso porém era outro. E fechou-se num silêncio nervoso, cortado de sobressaltos, alheado de mim – o seu habitual silêncio em todas as rodas, como sempre à espera de um sinal misterioso para partir e desaparecer. Olhei-o então

com vagar. Era encantadoramente lindo com o seu ar de adolescente de Veroneso, a pele morena, o negro cabelo anelado. Como devia ser feliz assim rico e belo, com a sua bengala de castão de turquesa, a gravata presa de um raro esmalte, a atitude inquieta de um príncipe assassino e radiante, o Oscar Flores! E falavam tanto mal dele! Disse-lhe, íntimo e confidencial:
– Então, Oscar, onde estás? É por isso que te caluniam...
– Ah! tornou sorrindo, ainda falam de mim?
– Cada vez mais. És o *leitmotiv* da falta de assunto. De resto há sempre na voz do povo um pouco de razão. Estou a acreditar que realmente tens um segredo. Ora, os segredos deixam-se para as mulheres e para os homens sem interesse, os homens vulgares...
– Mas não tenho segredos, protestou cansado. Tenho apenas a mais estranha moléstia nervosa que ninguém sabe. Curioso, hein? Diante de mim toda a gente sente a anormalidade, outra esfera, outra vibração. Que será? Os mais espessos – e dessa espessura intelectual se faz a opinião da massa – pensam logo nas degenerações normais, no centro das loucuras que é a cidade. E não é nada disso, é outra coisa – é a minha moléstia. A existência concentro-a nela, no desejo de domá-la e na irresistível vontade de satisfazê-la Tenho estudado, tenho lido, tenho feito observações a ver se encontro outro tipo igual. Absolutamente impossível...

Tomou um gole de *cock-tail* com evidente prazer, sorriu mais acalmado.

– Todos pensam que é um segredo porque ninguém imagina. E eu sofro desde criança. A princípio, na mais tenra idade, apareceu como escandalosa precocidade; até a adolescência tive-o como um crime horrível, castigo e prazer do pecado. Com a razão – porque eu sou um sujeito muito razoável e muito refletido – vim a descobrir que era um desequilíbrio dos sentidos, a exaltação lírica, o desenvolvimento assustador de um dos sentidos, capaz de dominar os outros, submetê-los e virar aos poucos em fonte de todos os prazeres, em único foco das sensações agradáveis, em tirano da impalpável luxúria.

Já decerto conversaste com os artistas jovens, os que falam na realização da arte, no ideal que jamais se corporifica e é na nossa alma como o perpétuo sonho irrealizável. A minha moléstia, o meu desequilíbrio, o império de um único sentido no meu organismo e nesta sensibilidade caldeado numa ascendência de requintados, deu-me da vida íntima uma prévia noção incorpórea, deslocou-me para um mundo de fantasia exasperante, fez-me o lascivo da atmosfera, o gozador das essências esparsas, o detalhador do imponderável, o empoteado da miragem da vida.

Emborquei tranquilamente o veneno que me tirava o apetite, e murmurei:

– Meu caro Oscar, tenho uma profunda simpatia por ti, em primeiro lugar porque és belo, em segundo porque tens espírito, em terceiro porque nem a beleza nem o espírito conseguiram reduzir-te à atroz banalidade de ser totalmente feliz. Daí o poder ouvir sem comentário todas as narrativas lindas com que me queres honrar. Esse teu desequilíbrio é de fato de uma psicologia muito sutil, muito trabalhada.

Oscar teve um gesto de impaciência.

– Quando digo! É tão inverossímil que ninguém acreditaria. Entretanto tens diante de ti o homem que analisa o seu tormento e não lhe resiste. Sabes que é o sentido soberano? O olfato, apenas o olfato. Sou como o escravo, o ergastulado do cheiro. Tudo é cheiro. É o cheiro que guia, repele, atrai, repugna, o cheiro é o condutor das almas. As nossas impressões são filhas do cheiro que atua como a luz e muito mais porque há cegos e não há ser vivo que não respire e não sinta o cheiro. O cheiro plasma, porque está no ambiente. Os caracteres dos homens são feitos de essências, as profissões dão aos entes certos e determinados cheiros. Vive oito dias numa casa de perfumes ou no 95 *boudoir* de uma mulher galante, e as tuas ideias tomam aspecto de ideias com pó de arroz, de ideias efeminadas, *made expressely* para uma certa roda pueril. Sente o cheiro dos marinheiros, com o cheiro do mar e três ou quatro escalas de cheiros de óleos refrescados pela viração larga. Um homem sensível não pode viver muito tempo nesses luga-

res porque o cheiro permanente dá-lhe como uma continuidade da visão oceânica e um estado trepidante que lembra a vagabundagem de grandes navios por mares ignotos. A alma dos entes revela-se pelo cheiro. A das coisas também, só pelo cheiro. Conheço os interiores das casas, o gênero, a classe das pessoas que as habitam-a pelo cheiro, como de olhos fechados dir-te-ei a casa vazia apenas aspirando-a. Posso mesmo dizer-te que cada cidade tem um cheiro próprio, e que eu os sinto ao aproximar-me, ao saltar no desembarcadouro, cheiros que conseguem dar a impressão geral dos habitantes, cheiros honestos, cheiros voluptuosos, cheiros de seio...
– Mas, realmente, é delicioso.
– É atroz.
– A hiperacuidade de um sentido dirigida com estética. És o homem dos perfumes.
– Não me fales de perfumes, do perfume com a significação normal de extrato fabricado para o mercado. É outra coisa. Sou a vítima do cheiro. Para mim não há cheiros repugnantes, há cheiros desagradáveis. Tenho a sensualidade dos cheiros os mais diversos, do cheiro da terra, do cheiro da erva, do cheiro dos estábulos e do cheiro das rosas. Como comecei a sofrer desse desenvolvimento paroxismado do sentido olfativo? Sei lá! Não foi o perfume, foi a extensão vasta dos cheiros que não são perfumes. Em criança, antes de levar qualquer gulodice à boca, instintivamente cheirava-a de olhos cerrados, para sentir bem, e prelibar deliciosamente o prazer de degustá-la. Depois, quando me tomavam ao colo, ao beijar-me, achava sempre meio de cheirar, de aspirar as pessoas agradáveis. Cada pessoa tem um cheiro diverso. Na minha infância a perversão – sê-lo-á de fato? – surgiu ensinando-me todo o pecado. Gostei da carne porque cada nuca é um pouco do olor da natureza, e há bocas que são como orquestrações de odores. Ah! esse tempo ainda ingênuo, esse tempo instintivo... Eu me envolvia nas roupas brancas que as raparigas tinham usado, pendia para as cabeleiras com tal ânsia aspiradora, tinha uns modos tão pouco normais que a família se assustava e as raparigas achavam uma infinita graça. Ah! que pequeno vicioso! Elas diziam convenci-

das de que eu gostava apenas do cheiro das suas roupas. Não era, porém. A minha nervrose olfativa se acentuava cada vez mais, cada dia mais com caráter desabridamente sensual, e já rapazola, não distinguia o que me poderia conceder o prazer: a erva molhada, o cheiro dos estábulos, um cheiro de nuca, um cheiro de corpo, e já começava a sentir as cruciantes necessidades de certos cheiros, que eram tão violentas quanto a fome ou amor. Então era preciso alhear-me, deixar a roda dos conhecidos, sair por aí, a ver se descobria o cheiro que eu precisava, o cheiro que não sabia qual era, mas devia tranquilizar-me.

– TInhas a obsessão de um cheiro nunca sentido?
– Exatamente. Ainda era romântico e até aos dezoito anos tentei com um pouco de literatura e alguns conhecimentos químicos, o prazer dos perfumes, dos cheiros artificiais. Arranjei catálogos, estudei longamente, tive baterias de perfumes em frascos de cristal, fiz como todo sujeito lido em livros franceses, a sinfonia dos perfumes, a alegoria dos perfumes, a pintura sugestiva dos perfumes, combinando essências, renovando as camadas de ar do aposento com pulverizadores cheios de misturas sábias ao lado de incensários a queimar olências exóticas. Era perturbador e era irritante. O meu olfato desejava, tal as marafonas que a sorte eleva ao grande luxo, excessos de natureza, virilidades de ambiente. Esses perfumes que as mulheres usam, esses perfumes com que vocês se civilizam e se friccionam são ignóbeis. Na composição química da enorme quantidade por mim aspirada senti apenas que poderia fazer um catálogo, dividindo em classes de almas a diversa temperatura: perfumes quentes, semioleosos, perfumes tépidos, perfumes frios. Os perfumes de Haubigant dão sempre a impressão de calidez, de calor opressivo. Os ingleses e os americanos fazem-nos frios, desses que a gente ao aspirar pensa em águas geladas e madrugadas hibernais. Meia dúzia de refinados franceses conseguem a meia temperatura, evolando-se lentamente. E há também os medíocres, os reles, os que lembram montras de boulevards em bluffs de luxo e de conforto, elegâncias por todo o preço de armazéns duvidosos.

Quer uns quer outros, entretanto, acabaram por me fazer mal, dores de cabeça, apertões nas têmporas, uma impressão angustiosa de acachapamento. Mas era muito artista. Um amigo, de volta do Oriente, trouxe-me então uma coleção de perfumes. Eram maravilhosos. Andei doente e morno, com uma alma de serralho e de mel por aspirar um frasco de essência de rosas. Esses perfumes entravam-me no crânio como estofos bordados de pedraria, como broquéis incrustados de gemas coruscantes. Deixavam-me sonambúlico, com frases de antifonário e sonhos de rosas de Chraz, de Kernar, de Kashmir. Vi então que a minha doença não amava as concentrações mais ou menos industriais.

– Príncipe Encantador, havia as flores...

– Sim, as flores, amei as flores, tateando na sombra do mal. As flores são as caçoulas dos perfumes naturais. A natureza condensa nelas o olor das suas paixões, a alma dos seus desejos, as recordações de tonturas, de frenesis ou de grandes repousos celestes. Não sorrias. O que eu sinto não o dizem palavras. É preciso descobrir frases prismáticas como certos cristais e vê-las à luz do sentimento, que percebe para além das coisas visíveis. Os deuses gostavam de perfumes; o perfume exorta e exalta. Por que lisonjear os deuses com perfumes, se não tivéssemos a ideia do sacrifício, do grande pecado da natureza que ele representa? Há flores cujo perfume é cínico, outras cujo cheiro é banal, outras cujo olor se celestiza, outras ainda que nos dão desesperos de carne. É possível ter à lapela uma gardênia sem sentir cefalalgias horas depois? É possível cheirar certas rosas sem odiá-las?

– Mas, meu querido, procuras apenas pretexto para dizer coisas infantilmente interessantes. Olha que antes de ti outros estetas falaram... Odiar as rosas!

– Sim! odiá-las. Há flores carnudas, as rosas rosas, as rubro-negro como sangue coagulado, que a gente aspira, absorve o odor, cheira, cheira, e depois estraçalha com ódio porque prometem mais do que dão, porque deixam em meio o gozo, não nos completam o prazer anunciado pelo cheiro. Ah! essa aflição que dá aos sentidos o cheiro de algumas flores, as violetas, cujas emanações são como sons de violino em noites de luar, as tuberosas, crispantes de cio, as rosas-chá que cheiram como carnes morenas, o resedá, a flor do resedá que o Fezensac cantou idiotamente num trocadilho e que entretanto guardam um frio e exasperante odor de gérmen fecundante, cheiro de marfim raspado... E, para notares a correspondência de cheiros idênticos nas coisas mais diversas, a flor que cheira a marfim, é também, cheiro resumo do cheiro inicial da vida, irmão odor do odor da semente criadora, estranhamente perdido entre as ervas... Oscar caíra num abatimento. Eu começava a temer o delírio.

– Então, se não amas os perfumes que te fazem mal, se odeias as flores que te exasperam, em que consiste o desproporcional domínio do olfato sobre os teus sentidos? É decerto um estado de anemia, uma grande fraqueza que te adoece e te faz sensível aos odores. Não amas os cheiros, temes todos os cheiros desde que eles se especializam, se individualizam.

– Ao contrário, fez, de novo animado, ao contrário. Tenho entre mim e a vida comum um como véu de talagarça espessa. E tudo quanto na vida se faz, eu sinto pelo cheiro, pelos cheiros, como um "seter" humano, amarrado à corrente da conveniência. É a existência de miragem olfativa, uma existência em que os cheiros visionam ambientes, descrevem as almas dos tipos que me rodeiam, dão-me sensações de cor, porque há odores de todas as cores; de sons, de músicas, porque cada cheiro é como um som diverso e o cheiro da baunilha é bem uma nota abemolada diversa do cheiro do cravo vermelho, esse sustenido de clarim; de gosto, porque os cheiros têm gosto; de excitação, porque todos os sentidos calcados por tamanha acuidade vibram a arcada furiosa de um desejo incompreensível, perpétuo, demoníaco, no meu pobre corpo. Oh! não estejas a olhar para mim assim irônico. Há uma íntima correlação entre as sensações do homem normal, que o faz amar a harmonia das coisas e o faz pensar na Beleza esplendente. Quando ele ama e sente assim, na floração da Arte, que é o arrimo da vida, minhando o seu pensamento sutil e vaga essa misteriosa afinidade entrelaça os sentidos, para que o

homem sinta numa curva de anca a música das linhas, na carne de uma espádua o perfume da rosa, no entreabrir de um lábio o sabor dos frutos, na criatura que se desnuda o bruto. Desejo cego, caos das sensações... Quando é como eu, porém vítima de um só sentido, morbidamente absorve os outros e leva louco, no delírio perpétuo, a tentar reaver a harmonia.
– Daí...
– Daí, fez Oscar afastando nervosamente o *cock-tail* em meio, daí para a minha sensibilidade compreender que a natureza é inconsciente, que todos esses perfumes ela os espalhou brutalmente, desvairadamente, e que só um instante a razão lhe voltou, quando fazia a carne, quando criava a criatura, onde todos os cheiros da terra se encontram em suaves nuanças. O que eu amo é olor da carne, sempre uma orquestração, uma sinfonia de recordações de outros cheiros, o cheiro das bocas, o cheiro dos cabelos, o cheiro das nucas, o estonteante cheiro das axilas... Há cabelos, sabes? que relembram o aconchego arminoso dos ninhos dos pássaros, cabelos em que a gente se perde como num imenso oceano de olências reparadoras, cabelos musicais que fazem pensar em manacás e em magnólias, cabelos que são o tecido de todos os cheiros reconfortantes. Há carnes doiradas, carnes feitas de leite e de sangue de cerejas que ao aspirá-las pensa um pobre no descanso dos bosques, em ragais, em fraudas rústicas, em grandes abraços pagãos sobre as liras. E as bocas? Já reparaste nas bocas? Há bocas quentes e frias, bocas sem cheiro algum, e bocas que quando falam junto a ti têm um cheiro íntimo de rosa murcha, quando te beijam parecem feitas de pétalas de rosas, e quando as sugas transfundem a alma como uma essência especial que parece o mel feito de todos os perfumes dos campos. As criaturas são as ânforas da harmonia dos cheiros. Cada carne tem o seu corpo ódico que é o cheiro, cada ser faz-me sentir a alma pela veste incorpórea do cheiro, desse cheiro que cada um tem próprio e jamais igual ao do outro, do cheiro que se procura para aquietar e amar...
– Realmente, com um pouco de "toilette", cada qual faz o seu cheiro.

— Não! não é isso. Talvez pela toilette e a perfumaria sejam-me indiferentes as formosas mulheres que deixam rastilhos de perfumes industriais e parecem feitas para os retratos de Helleu ou do Amoedo. Não as amo, porque, maceradas de essências, com os vestidos pulverizados de perfumes, a boca lavada por águas e pós-brilhantes, os lábios carminados, a face empoada, são como os manequins da Moda. O cheiro é a alma dos seres. Elas afogam a alma no artificial para encantar os simples, os brutais. Os meus instintos gelam-se, morrem em frente dessas baiadeiras mascaradas com a máscara transparente de outros cheiros. Houve um silêncio pesado.

— Ah! disse eu vendo a expirar a confissão, é grave...

Oscar olhou para mim, cândido como Adônis, e cansado como se sustentasse nos ombros o mundo.

— Por isso, murmurou, procuro — é horrível! — procuro as criaturas simples, as que não se perfumam, as que ignoram o postiço ignóbil da civilização, e guardam o próprio cheiro: as crianças, as adolescências rústicas, as criaturas que saem do banho brilhando mais e cheirando mais, os que não sabem se cheiram bem porque pensam que o cheiro é a falsificação dos perfumistas. Um lindo corpo, um corpo branco, cor de leite, que tem todos os suspiros campinos das bobinas, dos malmequeres, das margaridas, o sonho casto das violetas brancas e o anseio tranquilo, o cheiro animal de qualquer coisa que se não sabe! Um corpo moreno, feito de um raio de sol, guardando a carnação das rosas e o cheiro da lascívia!... Beijar corpos assim, aspirá-los, aspirá-los... É quando há a simpatia do cheiro, que o irmanamento das almas. Tudo quanto toca a pessoa fica com o seu cheiro, o lenço esquecido, um pedaço de móvel. Parta ela, desapareça, cheira aquele pedaço. O poeta sensual já escreveu:

Ela andou por aqui, andou. Primeiro
Porque há vestígios das suas mãos; segundo
Porque ninguém como ela tem no mundo
Este esquisito, este suave cheiro.

E é. De chofre, à calentura do cheiro dela, uma onda de gozo nos transmuda, faz-nos reviver delícias e nevroses da gama que se acordava com o teu desejo. É a música mortal. Que digo eu? A roupa? Os trastes? Não! Basta o lábio cansado de roçar, basta o contato das mãos pelo seu corpo. Nós não conhecemos a própria alma porque não sentimos o nosso cheiro, enigmas para nós mesmos indecifráveis. O cheiro dos outros fica, impera. De volta de um cheiro amado, é cheirar as mãos e sentir o olor do amor como um velador nos próprios dedos. Ah! não! E dizer-te que eu uma vez, há quatro anos, senti esse cheiro, o cheiro do meu amor, numa criatura miserável, dizer que não me lembro das suas feições pelo muito que me lembro da completa satisfação do meu desejo, dizer que nunca mais a vi, que a procuro, que a procuro e jamais a encontro... Como queres tu que eu ouça as conversas idiotas, como queres tu que pense noutra coisa? Vou em busca do meu perfume, do perfume que amo, da urna desse sonho, do corpo dessa alma. E degringolo a razão, a moral, respeito da sociedade, rolo o abismo dos lugares pouco distintos, dou-me a relações pouco brilhantes, aspiro todos os corpos à espera de um dia encontrar o perfume incomparável, a essência doce dessa carne de ouro. Curioso.

– A mais rara moléstia que ninguém sabe.

De repente, porém, os seus olhos chisparam. Ergueu-se. Sorriu.

– Espera um instante.

Sumiu-se apressado. Eu também sorri então. Não voltaria. Alguém passara que se parecera com o seu cheiro. Pobre rapaz! Talvez fosse na desvairada luxúria o grande sensual do ideal. E talvez não, talvez fosse um louco. Somos todos loucos mais ou menos. Foi então que vi serem oito horas. Como o personagem do poema, Oscar procurava novos perfumes no seu cheiro ideal e os prazeres não sentidos, sempre mais amargos e menos consoladores. Ergui-me. Já em toda a Avenida, centenas de lâmpadas elétricas acendiam a sua grande extensão no clarão da luz, – "a mensageira da verdade visível"...

O CARRO DA SEMANA SANTA

Para nós, vindos de peregrinar pelas igrejas, a luz Auer que iluminava o café era talvez desagradável. Ficáramos todos lívidos, com uma face de orgia. Sob o teto baixo, entre as mesas de mármore lustroso, os criados arrastavam os passos já meio exaustos, e como a sala fosse forrada de espelhos, velhos espelhos que reproduziam apagadamente os perfis, estávamos como num aquário, esquisitos, espectadores de uma cena em que tomávamos parte, em que nos víamos a representar noutro mundo – um mundo sem data, sem tempo, sem fim. Algumas vezes dávamos com um gesto nosso a desaparecer de súbito esburado pela falta de aço num pedaço de espelho, e era desinteressante, desoladoramente desinteressante. De resto, a noite fora curiosa. Éramos um pequeno grupo: dois homens que riam de tudo e pagavam a despesa, um menino com ares de Antino viçoso, cujos princípios todos ignoravam, um poeta obrigado a ser espirituoso, dois jornalistas, eu. Havia também um homem chamado Honório. Tomávamos uma mistura repugnante de alcoóis variados e tínhamos vindo cansados de dar encontrões na última igreja. A quinta-feira santa dissolvera na cidade a impalpável essência da luxúria e dos maus instintos. Quanta coisa de profano, de sacrílego, de horrível havíamos visto no redemoinhar da turba pela nave dos templos? Fúfias dos bairros sórdidos esmolando com a opa das irmandades para o Senhor Morto, bandos de rapazes estabelecendo o arrocho junto do altar-mor para beliscar as nádegas das raparigas, adolescentes do comércio com os olhos injetados roçando-se silenciosamente entre as mulheres, e mulheres, muitas mulheres, raparigas vestidas de branco, de azul, de cores vivas, matronas de luto fechado, pretas quase apagadas em panos negros, mestiças cheirando a éter floral, com gargalhadinhas agudas, o olhar ardente, todas como que picadas pela tarântula do desejo. A dolorosa cerimônia tinha qualquer coisa de orgíaco, como em geral as cerimônias religiosas deste fim de raça, em que os instintos inconfessáveis se escancaram ao atrito dos corpos, nos grandes agrupamentos. Na Candelária, junto a uma das colunas, o rapaz que lembrava Antino tivera a lembrança de se colocar entre uma cabrocha e um alentado sujeito "para verificar o escândalo", dizia ele. Em S. Francisco, o cidadão Honório batera no ombro de uma espanhola de mantilha, apontando-lhe a porta, para dizer-nos quando já ela se sumia: "Uma nevrosada: gatuna de carteiras pela semana santa." E nós estávamos afinal, naquele café do Carceler, perto de duas igrejas a comentar a extravagância sensual da multidão.

– Fazer horrores junto ao corpo do Senhor Morto! Mas deve ser uma delícia! paradoxou o jovem ambíguo.

– Pois está visto! gaguejou um dos desconhecidos que pagara.

Nós sorríamos, fartos de igrejas e de sacrilégios, e íamos sair, quando o cidadão Honório, que até aquele momento não falara, murmurou:

– Tudo na vida é luxúria. Sentir é gozar, gozar é sentir até ao espasmo. Nós todos vivemos na alucinação de gozar, de fundir desejos, na raiva de possuir. É uma doença? Talvez. Mas é também verdade. Basta que vejamos o povo para ver o cio que ruge, um cio vago, impalpável, exasperante. Um deus morto é a convulsão, é como um sinal de porneia. As turbas estrebucham. Todas as vesânias anônimas, todas as hiperestesias ignoradas, as obsessões ocultas, as degenerações escondidas, as loucuras mascaradas, inversões e vícios, taras e podridões desafivelam-se, escancaram, rebolam, sobem na maré desse oceano. Há histéricas batendo nos peitos ao lado de carnações ardentes ao beliscão dos machos; há nevropatas místicas junto a invertidos em que os círios, os altares, os panos negros dos templos acendem o braseiro, o incêndio, o vulcão das paixões perversas. A semana santa! Tenho medo desta quinta-feira. Para quem conhece bem uma grande cidade, esse dia especial sem rumores, sem campainhas, é um tremendo dia em que os súcubos e os íncubos voltam a viver. Até as ruas cheias de sombra parecem incitar ao crime, até o céu cheio de estrelas e de luar põe no corpo dos homens a ânsia vaga e sensual de um prazer que se espera.

Às palavras do cidadão Honório fizera-se em torno um expectante silêncio. O homem era pálido, de uma palidez bistrada. Estava vestido de preto e a sua mão exangue tinha no dedo mínimo como a quebrá-lo um negro morcego de aço prendendo entre as garras o turvo brilho de uma opala. Só então reparamos que não ria e talvez assustasse almas menos céticas. Ele, de resto, após uma pausa, continuou sem que lho pedissem.

– Oh! sim! Tenho medo desta quinta-feira porque vocês veem o vício aparente, o vício às claras, o vício que os jornais não noticiam apenas em atenção ao arcebispado. Eu vi o vício que se não vê e dá o calafrio do supremo horror, o vício misterioso e devorador rodando em torno das igrejas. Há três anos acompanho-o. Ainda agora, ao sairmos da Candelária, lá estava ele na praça, fatal, definitivo, cruel, esperando...

Aquela confissão era a de um doente. O pequeno Antino abriu a polpa carnuda do lábio num sorriso de flor que desabrocha.

– Honório, que vício é esse? Fale. Morremos de curiosidade.
– O vício que ninguém vê? Conta lá.
– É o carro da semana santa.
– O carro? regougou um dos cavalheiros, é boa é muito boa!
– Quem sabe? fez Honório pensativo. Depois, num repente: Há três anos, quinta-feira de endoenças, resolvi sair à noite. Não deveria ter saído. Neste dia a cidade visita igrejas. Além das igrejas só a impressionam as confeitarias com os seus bal-

cões de bombons e os botequins. Saí, entretanto, assim de preto, com um fraque idêntico. Estive numa confeitaria, hesitei alguns minutos, e afinal, como estivesse no largo da Carioca, comecei a subir para a igreja da Ordem 3ª.

Ia inconscientemente quase. Ao deixar a confeitaria, tinha o vago desejo de ver se encontrava qualquer coisa de interessante, e estava ali, de repente, com vontade de uma perversão qualquer, com o instinto de qualquer coisa de bem baixo, de bem vil, de bem indigno, em que refocilar o meu temperamento à solta. Talvez as luzes trêmulas, aquela gente que subia devagar e descia depressa, ao cheiro de suor, de perfume barato, de cosméticos e de cera, o roçar da canalha, o contato do meu corpo com outros corpos, peles de mãos ásperas umas, algumas macias, sugestionassem os nervos do meu pobre ser; talvez apenas fosse o fundo de lama com que fomos todos feitos... O fato é que ao voltar à rua da Carioca, eu era um homem que deseja, cuja percepção da luxúria é mais aguda, cujos nervos vibram mais. Uma saia repuxada, o relevo forte de uma anca, os encontrões brutais dos marçanos em traje de ver a Deus, dois olhos mais acesos, faziam-me parar, retroceder, pensar em frases, morder o bigode, andar devagar em torno dos vendedores de doces e de refrescos, excitado pela frescura das peles, pelos trechos de carne ocultos, com as têmporas a suar frio e um calor nas faces, uma palpitação... A vontade do acanalhamento devorava-me, e eu ao mesmo tempo que queria satisfazê-la, queria ocultá-la.

Ninguém, todavia, dera ainda por aquela nevrose, quando senti perfeitamente dois olhos pregados nos meus movimentos. Onde esses dois olhos? Eu os sentia, eu os sentia bem. Onde? Voltei-me, observei, desconfiado. A turba rumorejava na semipenumbra. Não havia ali cara que me olhasse. Só, perto do chafariz, dando àquele canto uma nota anormal, uma velha berlinda com os estores arriados, parecia esperar alguém. Que berlinda, filhos! Lembrava um velho carro da Assistência. Era suja, era grande, era vasta, quase um leito. Na boleia o cocheiro parecia de pedra, e os estores de pano vermelho estavam imóveis. Estaria vazia? Esperava mesmo alguém? Dei uma volta indagadora em torno, e tive, oh! sim! tive a certeza de que ali dentro havia uma criatura, que ali vibrava estranhamente alguém, porque assim como sentira o calor, o fluido ardente de dois olhos fixos sobre mim, a descobrir-me a alma, sentia agora que a minha observação perturbava esses olhos. Quem estaria naquele carro? Quem? Um homem? Uma mulher? Quis falar ao cocheiro, mas, de repente, a berlinda pôs-se em movimento, desaparecendo pesadamente na rua Uruguaiana.

Fiquei um instante trepidante, nervoso. Mas é um fato que quando as crises de poerneia da multidão agem sobre os nervos dos fracos, esses começam por desejar seguir alguém, seja quem for, com o desejo flutuante, o cio indeciso e como que tocado também de uma curiosidade malsã pelo vício dos outros. O carro desaparecendo causou-me uma vaga tristeza. Como seria agradável o que se fazia dentro, nas suas velhas almofadas! Larguei-me para a Candelária, que me pareceu um teatro tanta era a gente e tanta a luz elétrica, e estava lá roçando-me à turba; quando vi um conhecido. Saí então à pressa, sem lhe dar tempo aos cumprimentos e às fatais perguntas; saí, mergulhei de novo nas ruas mal-iluminadas, em que o luar punha uma suave pulverização de sonho. Iria a S. Bento, que tem um morro, árvores, mais sombras, mais recantos sugestivos, o Arsenal pegado e a vista do mar – o pai de todos os grandes vícios incomensuráveis...

Quando, porém, ia chegando ao Arsenal, lá dei com o carro outra vez, vasto como um quarto, com o cocheiro impassível e os estores vermelhos. A sombra cobria a calçada; no céu andava a Lua num estendal de ouro pálido. Que esquisito peregrinar! que estranha peregrinação! Abriguei-me no desvão de uma porta. Passaram-se dez minutos assim, e era impossível apagar a ansiedade dos meus nervos para descobrir o enigma. A berlinda parecia tremer a capota empoeirada sob o sudário do luar. Depois, rodou devagar, como se tivesse uma alma e estivesse a disfarçar uma ação feia. Ao chegar ao escuro beco de Bragança parou, a portinhola abriu-se, uma sombra golfou, então aí a berlinda precipitou a marcha. Deus! que seria aquilo? Um crime? uma extravagância? A passeata de algum crente agonizando, que tivesse feito a promessa de arrastar a sua agonia aos pés de todos os corpos de Jesus expostos? Mas a sombra? Eu amo o horror das coisas inacreditáveis. Meti-me quase a correr pelo beco. No meu cérebro havia um escachoar de ideias...

Não encontrei a sombra, o vulto que eu vira sair do carro. E a procurá-la, de rua em rua, com a face a queimar, fui até a igreja do Rosário. Como? Não sei. O sangue latejava-me nas têmporas, um suor viscoso molhava-me a palma das mãos. Quando dei por mim, tinha diante de mim a velha igreja, e ao canto esquerdo do templo, exatamente igual, tal qual, a velha berlinda. Coincidência... Há desses encontros de gente que nunca se falará, em reuniões dominadas pelo vício. Não filosofei, porém. Fui ao cocheiro, querendo saber. – "Olá, camarada, desocupado?" – "Não", respondeu ele seco. – "Pago bem." – "Não posso, já disse." – "Tem alguém aí então?" O cocheiro cuspiu para o lado. "O' seu, vá se pondo fora, se não quer que lhe aconteça alguma." Fiquei sem palavra e ele tocou.

Mas o desejo de conhecer a razão daquelas paradas à beira das igrejas era muito. Segui por onde vira perder-se a berlinda. "Ainda a vejo hoje!" pensava. E de fato, fui encontrá-la quase ao fim da noite, em frente à catedral, do lado do largo do Paço. Não me aproximei. Era melhor esperar de longe. O trecho da rua ardia em luzes, tal qual como hoje. Vendedores ambulantes serviam com estrépito refrescos e doces. Gente de preto ia, vinha, passava, desdobrando pelas calçadas negras serpentes interminais. Fuzileiros navais ébrios, malandros de calça bombacha, marinheiros, formavam grupos perigosos, fora da calçada. Criaturas ambíguas chispavam olhares desvairados de esguelha, no burburinho da populaça. De repente, o carro começou a mover-se, foi até a rua Sete, depois embicou para a esquerda, para o lado dos jardins. Precipitei-me. A berlinda misteriosa acompanhava um marinheiro, forte homenzarrão hercúleo e jovem. Não havia dúvida. Era. Oh! se era! Ia devagar, devagar... O marinheiro, a princípio hesitava. Em seguida pareceu compreender a inutilidade de fugir, relanceou os olhos a ver se o espreitavam, e seguiu bamboleando o passo – um passo que espera o chamado. Em frente ao

Telégrafo parou, cortou pelo jardim, como se fosse para o ex-Mercado. A berlinda rodou mais depressa pela primeira quebra dos jardins, e foi encontrá-lo, já atravessando a rua para a rampa. Aí o rapagão estacou. O carro também. De dentro falaram, deviam ter falado, porque o marinheiro aproximou-se da portinhola que se abriu, tragando-o. Fiquei estarrecido, com tais palpitações que sentia no pescoço a artéria bater. Já a berlinda descia lentamente, como quem dá uma volta à espera de freguês. Perto de mim, meia dúzia de catraeiros olhavam com esse aí de mordente complacência que a canalha tem a receber as fraquezas da gente da alta. Compus a fisionomia, indaguei.

– É boa aquela do carro, hein?
– É danada! respondeu um dos tipos.
– O que admira é a resistência dela! exclamou outro.
– Como resistência?
– Pois V. S. não sabe? É a mulher do carro da semana santa. Já está muito conhecida. Vem sempre naquele carro e chama os que agradam... – E vocês vão?
– Rapaziada não respeita... ela paga bem.
– E são muitos?
– Ela só aparece na semana santa. Mas é até pela manhãzinha.

Recuei. Ali, naquele velho carro, rodando à beira das igrejas, uma Gorgona de vício abria a fauce tragando as flores da ralé, gente que lhe servia de pasto a troco de dinheiro; naquele carro silencioso estorcia-se uma nevrose desesperada; naquela berlinda, misteriosamente, a fúria de um súcubo, a ânsia de uma diabólica fundia nos braços um bando de homens com o desespero sensual despedaçador! Oh! o vício que se não vê! Essa criatura, essa criatura! E, há três anos, todas as quintas-feiras santas, acompanho a berlinda procurando vê-la, procurando encarar o polvo de luxúria, que lá dentro distende os tentáculos. Quem será? Uma senhora de sociedade? Uma perdida? Sei lá! Uma louca, uma desvairada, uma desgraçada, de que ninguém sabe o nome, de que ninguém talvez possa reconhecer o semblante, na rua, quando passa..."

– Delicioso caso! fez o efebo literato erguendo o corpo airoso, que recordava os pajens dos Valois. Honório pôs-se de pé. Todos nós fizemos o mesmo em silêncio. A história impressionara, e principalmente a ele, ao Honório, ao próprio narrador. Talvez quisesse ainda rever a berlinda. O fato é que chegou à porta, consultou o relógio, e ia despedir-se, quando de súbito esticou a mão exangue, onde a opala lembrava o perturbado brilho de sua alma.

– Olhem, lá está ela, lá está... Era fatal... Ninguém sabe o que encerra. É o segredo das vítimas. Não. É o segredo dela apenas... Espera decerto alguém. Estão vendo? Naquele pedaço de sombra, junto à igreja... Ao lado há um beco. A vítima sairá do beco... Espantoso. Já ouvi dizer que é uma mulher com bexigas, outrora bela. Um dos convidados conseguiu, disse-me, ver-lhe a cara através do véu. Conta que é queimada. Mas não. Outros asseguram que tem pústulas. É a lenda. A opinião geral é mesmo a de ser uma formosa senhora de alta posição. Não! não é nada disso. É apenas o horrível vício que se não vê, a luxúria exasperada...

Nós olhávamos a sombra, nervosos, como à espera. Honório falava intercortado, estava quase de cera, e parou subitamente de falar. Uma camisa branca surgira à portinhola da berlinda, parara. Era um adolescente. Vimos um gesto de negativa, vimos, apesar do gesto, a portinhola abrir-se, vimos o rapaz pôr o pé no estribo, ser como que puxado, e logo o ruído seco da portinhola.

– Mas é um crime! ganiu um dos senhores que pagavam as despesas.

– Quem sabe? fez frio o cidadão Honório.

Nesse momento as luminárias da igreja apagaram. Acabara a visitação ao Senhor Morto. Havia a confusão natural nos fins de tais solenidades: gente apressada, senhoras nervosas por apanhar conduções, homens parados a ver se lhe agradavam as mulheres, gritos mais fortes de vendedores ambulantes, estalar de chicotes, carros, chamados, pragas. E, como a rua tivesse caído na sombra, já se sentia o luar da noite esplêndida iluminar os jardins interminos, lá, mais longe.

O cidadão Honório despediu-se. O carro rodava devagar no meio da turba compacta. Era o mesmo carro de que ouvíramos a história, velho, sujo, vasto, lembrando a Assistência, o mesmo a levar o horror desesperado, a fúria da volúpia voraz, o pavoroso mistério do vício delirante...

A MULHER E OS ESPELHOS

D. JOAQUINA

Aquele canto perto dos Telégrafos, às nove de uma noite de inverno... Em frente, os destroços da antiga Ucharia, embocando a rua Clapp, cheia de prédios grandes, com lanternas. Para baixo, os jardins sucessivos da praça até ao cais, sob o permanente espasmo de um estendal de lâmpadas elétricas – tantas que na poeira azul da luz os transeuntes se destacavam ao longe como vistos por um binóculo de teatro. Varrendo a praça, a sacudir árvores e rodopiar folhas secas, gargolejando pela rua da Assembleia, um vento álgido corria a sua tragédia sem causa. Era no centro da cidade. Estava ermo. Parecia ao menos ermo. E no abandono silencioso – único e seguido sintoma de vida urbana –, de instante a instante os inúmeros carros elétricos rolando como trovões a retinir sons metálicos de aviso...

Como achava prazer naquilo o Augusto Guimarães, tão fino, de tão lúcida inteligência? Havia dias, entretanto, conseguia arrastar-me, também a mim, por esses pontos equívocos de dramaticidade misteriosa.

– Compreenderás tu a minha nevrose? indagara dele. Estou que o sentimento é uma ilusão da civilização. A gente baixa tem apenas instintos. O sentimento da beleza, da bondade, do pudor, da honra – invenções nossas como os perfumes franceses e as modas da rua da Paz! Vê o doloroso estudo do mundo das mulheres perdidas na alta sociedade. Esse mundo é a esquina por onde passam todos os homens. Nada mais abjetamente artificial. É a antiga *cocotte* que feminiza, desfibra o homem contemporâneo, à força de momices, de luxos, de pretensões. Na pobre coitada que faz a rua à noite, o drama é a falta de alma, a falta de sentimento. Os homens conservam-se rudes e fortes. Eu desejaria encontrar uma alma nos manequins trágicos que acendem o desejo na forma noturna...

– És romântico.

– Não; sou doido.

Talvez eu também passasse por um período de loucura. O certo é que o acompanhava, sem preconceito, sem vergonha, por curiosidade. A vida normal, aliás, a vida dos ônibus e dos transeuntes, passava sem nos ver. A outra, a das esquinas de má fama, nem dos carros e dos pedrestes era vista nem por acaso os via. Augusto estudava. Pobre Augusto! Ficávamos horas a ver repetidas as mesmas cenas de luxúria animal e de sordidez. Os homens, marçanos, soldados, discutindo as moedas. As mulheres feias, sujas, maquinais. Nem por parte deles nem por parte delas havia o mais leve esboço de carícia – uns retendo o dinheiro, as outras já sem alma senão para sentir o desejo de não morrer de fome.

– Naquela noite, aparecera, entretanto, uma criatura de destaque no meio. Era velha. Tinha a face severa na queda das pelancas; curvava como se fosse muito idosa; caminhava com um andar de avó impertinente. E usava pelerine, sombrinha, mantilha de rendas sobre os cabelos grisalhos. Atroz! Se fosse uma pobre ninfomaníaca talvez causasse piedade; se estivesse como as outras a morrer de fome, dar-lhe-ia uma esmola. Mas não. Era hostil e comercial. Os marçanos em camisa e lenço de cor, que se aproximaram e discutiram somas, eram repelidos ou afastavam-se com medo. Alguns nem se chegavam. A velha demorou pouco. Tomou logo um tramway.

Chamei a atenção de Augusto.

– Quem é aquela velha? indagou o psicólogo, a uma portuguesa magra e amarela, que passeava em chinelas, com um galho de arruda atrás da orelha.

– Não vês logo que está muito triques pra ser da zona?

– Donde será então?

— É com certeza das sérias que fazem o Rocio. Dá-me a mascote, anda...
Melhor e mais digno é sempre não ter repugnâncias pelas misérias humanas. Nada mais relativo que a ignorância. Demos o que a criatura pedia. E no outro dia era eu a convidar Augusto para vermos as pobres mulheres da praça Tiradentes. Realmente. Aquilo que nas esquinas das ruas próximas do cais passa como lepra, tomava no Rocio proporções de porneia num quartel. Dizem que outros trechos urbanos resistem à civilização normalizadora, mantendo, apesar de tudo, a personalidade. Estávamos num ponto de movimento extraordinário, com a iluminação escandalosa dos teatros; por todos os lados, o turbilhão de conduções correndo, buzinando, rolando entre a multidão densa. E, entretanto, a praça mantinha as suas horrendas tradições. Com o acender dos reverberos e o abrir de chofre dos arcos-voltaicos era a aparição das primeiras figuras. Algumas ficavam até pelas duas da madrugada – andando. De preferência o lado do ministério, à frente da travessa Leopoldina, as aleias do jardim separadas da rua apenas por um canteiro. Todas se saudavam, contavam pequenas intimidades.
— Boa noite.
— A sra. passou melhor?
— Qual! A constipação não me deixa.
— É do tempo...
Comportavam-se austeramente. Eram todas mais ou menos velhas, mas penteadas, calçadas, de colete, a blusa presa por um cinto, a saia preta. Caminhavam como quem vai a um determinado lugar. Paravam como quem espera o bonde. À aproximação de um indivíduo, punham-se em guarda, secas, impondo condições. Quando acediam, seguiam disfarçadamente. O desolador era, além do nivelamento daquele comércio, os mesmos aspectos de insensibilidade e de velhice. Certo, estavam acima das outras em modos e em roupas. Mas impunham mais o nojo pela falta de coração. E eram velhas. Oh! como eram velhas! Havia faces encarquilhadas com tinta; cabelos pretos e dentaduras postiças guarnecendo perfis chupados; dorsos que, apesar do espartilho, abalavam; colos que se

cavavam em reentrâncias espaçadas. A tentativa primitiva dos artifícios aumentava a feiura venerável. Nem um olhar ardente, nem uma graça. A velhice patente e desoladora.

A mulher que víramos em frente aos Telégrafos e de novo encontrávamos ali, era de todas a mais atroz – porque antipática. Descobrimo-la de novo num domingo. Nesses dias, o jardim e as calçadas ficam cheios de homens do povo endomingados. Na poeira, entre as árvores, no som das músicas vindas dos estabelecimentos de diversão, na própria irradiação da luz parece vibrar o instinto dos brutos soltos. As mulheres paradas lembram velhas aranhas à espreita. E os homens, de comum simples e tímidos pela ausência de convívio feminino, nesses dias aos bandos criam coragem e transformam a falta de ousadia em grosseria, em brutalidade, no desejo de amesquinhar, de ferir. São trabalhadores braçais, carroceiros, operários de jornal, e d'alma parecem crianças grandes. Dão gargalhadas, lançam dichotes, fazem propostas alvarmente, chegam ao encontrão, ao murro. Só cada um deles teria medo de se aproximar. Juntos criam como que uma coragem vingadora. E há sempre em cada grupo um mais esperto, que diz piadas aplaudidas...

O incorrigível Augusto Guimarães dizia:

– Estamos a ver um aspecto do instinto que os simples transeuntes não verão nunca! As angústias, as covardias dos brutos diante das mulheres... Dize-me se há aqui Amor, mesmo no sentido grego. Há ódio no apetite!

Nesse momento passávamos pela porta que fica em frente ao ministério.

Estava lá a velha. Mas numa atitude trágica. Sobre ela caíra em verdadeira montaria um troço de marçanos encervejados. Choviam chufas. E ela, no cerco, esperava firme, o beiço trêmulo, o cabelo grisalho escapando-se da mantilha, a capa já de revés.

– Cachorros! Cachorros!
– Eh, velha... Vem cá...
– Canalhas!
– O'Zé aguenta a velha aí...

No cruzar das piadas, quando um dos tipos já ia agarrá-la, a velha teve uma inspiração:
– Espera que eu chamo a polícia...
Foi como um golpe. Ela devia conhecê-los. Não eram rufiões ou soldados que a lembrança da polícia excita. Eram bem simples trabalhadores, com uma gota mais de cerveja pelo domingo de descanso. Logo romperam o grupo. À solidariedade de ataque à velha fazia-se desencontrado terror da cadeia. Foram uns para o centro do jardim, disfarçando, desceram outros a calçada, reuniu-se o resto pelas aleias.
A mulher estacou um instante, respirando, concertou os cabelos sujos. E seguiu.
Devo dizer que nem por momentos tive um vislumbre de dó pela criatura repugnante. Não seria eu a defendê-la. Quase ri – enquanto os marçanos a espicaçavam, porque nunca uma criatura me dera impressão tão seca de prostituição hostil. Sim, hostil.
Daí talvez a minha curiosidade, a minha quase obsessão. Espiava-a de longe, policialmente. Ela era mais dura ainda que as companheiras de serviço voluntário. Aparecia regularmente às oito, mercadejava a pelancaria com o ar irritado dos negociantes que nunca prosperaram, e retirava pela madrugada. Todas as noites! Que segredo sórdido ocultava aquela voracidade crapulosa? Que drama esconderia a carcaça fatigada da velha?
Augusto Guimarães ainda mais me interessou dizendo-me:
– O curioso é que essas velhas são as envergonhadas do vício...
– Como?
– Salvo cinco ou seis, todas as outras têm ocupação, trabalho, família. Andam por aqui para ajudar ocultamente as despesas...
De Augusto Guimarães era natural admitir as mais extravagantes observações. Já me habituara de resto a hipóteses infames sem pestanejar, sem mesmo lhes compreender o alcance. Essa ideia, porém, impressionou-me. Assim, certa noite, quase à uma da madrugada, vinha eu de cear num clube de jogo, quando deparei na calçada deserta com a velha atroz.

Aranha de horror, esperaria ainda alguém? De fato. No jardim estava um rapaz que a olhava. Grosseiro. Enfardelado numa roupa que parecia não chegar e era larga demais ao mesmo tempo. Mas dezoito anos ardentes, os olhos grandes, a face corada. Parei atônito. Podia ser neto da velha. Naquela mocidade não havia vestígios de sentimento de beleza ou pelo menos de respeito aos cabelos brancos? E a anciã? Tratá-lo-ia como aos outros ou teria desejo? Ele descia o jardim e ela aproximava-se do extremo que fica em frente à Companhia Telefônica. Mas, ao chegar aí, a velha deu de cara com um velho respeitável – sobrecasaca, chapéu-chile, três embrulhos, guarda-chuva. O velho exclamou:

– Por aqui, a estas horas, D. Joaquina?

– Boa noite, sr. Crescêncio. Venho da casa de D. Fortunata, lá na rua dos Andradas. Vou tomar o meu bonde...

Não era possível ouvir o que diziam. Falaram baixo. O adolescente parara com a esperança de que fosse curta a palestra. Foi. O velho despediu-se. Ouvi distintamente D. Joaquina dizer:

– Lembranças a D. Mariquinhas e às meninas. Qualquer dia apareço...

E ficou como à espera do elétrico. O velho seguiu sem voltar a cabeça. Então o rapaz, a que a demora dera coragem, aproximou-se, falou, discutiu e eu vi seguirem os dois rumo da rua Visconde do Rio Branco...

Fiquei num estado de nervos indizível. Ela era realmente uma criatura com relações de família! E corria as praças aos sessenta anos, talvez mais, e mercadejava-se a rapazolas do povo. Horrível pela fealdade, pela miséria da alma, pela hipocrisia, pelo vício – por tudo! Decididamente – na primeira que a visse havia de saber quem era!

O dia seguinte era sábado. Havia no S. Pedro récita de uma companhia lírica de segunda ordem. Tínhamos jantado juntos, eu e o Augusto Guimarães. Já, com o envenenamento causado pela velha, considerava as psicologias de Augusto simples degeneração pessoal. Estava resolvido a não o acompanhar mais. E a minha ironia fora inclemente durante o jantar.

Assim, remontamos à nossa classe, de casaca, seguimos para o teatro pelo jardim, como transeuntes. Muita gente, vinda nos bondes que passavam do outro lado, cortava pelas alamedas. Era um contínuo passar de famílias, risos, boas de plumas, charpas de gaze, sedas de mantôs, perfumes... Íamos a sair em frente ao S. Pedro, quando ouvimos uma voz:
– Doutor Augusto...
Augusto voltou-se e naturalmente estendeu a mão.
– Como estás tu?
Era uma forte mulher morena, de cabelos negros, simpática. Augusto disse:
– Aqui tens a Cidália. Durante cinco anos, lavadeira na minha casa.
– Mas que relações!
– Este patrão!
– Depois deu para costureira do Arsenal e vem à noite para cá... Foi a minha informante inicial.
– Deixe de contar a vida dos outros.
– Também que fim levaste, Cidália?
– Doenças. Esta vida é um inferno.
Eu, nervoso com aquele encontro de Augusto, não os ouvia. Olhava na calçada a estranha velha, que falava com um rapazinho insignificante e bem vestido. A mulher atraía os rapazes! E aquele parecia um desses exploradores baratos tão comuns...
– Lá está a velha! fiz segurando o braço de Augusto.
– É D. Joaquina... interrompeu a Cidália, familiar.
– Conhece-a?
– Foi minha patroa quando eu cosia para o Arsenal.
– Hein?
– Coitada! Para dar vazão às costuras tem três empregadas e trabalha desde as seis da manhã!
– Como?
– É uma senhora muito direita. O marido dela foi negociante. A vida dá muita volta...
– Impossível! Vejo-a por aqui nesta miséria.
– Ela precisa tanto!

143

— Precisa tanto e não tem vergonha!
— Oh!
— Procura com cabelos brancos rapazes como o que lhe fala agora!
— Aquele é filho, sr. doutor.
Recuei. Olhei Augusto, que se modificara.
— Sim, é filho, continuou a Cidália. Ela tem dois — aquele e outro mais velho, de bigode. Por causa deles é que faz tudo. Também foi com mimo que os perdeu. Depois da morte do marido, só pensava nos filhos, queria os filhos estudantes, era tudo para os filhos. Os meninos cresceram mal-educados, com más companhias... o Sr. sabe como os rapazes se perdem. Ela dava tudo. Era só pedir por boca. Ah! se o Sr. visse aquela casa agora! Os rapazes não estudam nada, caíram na pândega. Acordam tarde. É ela quem lhes leva o chocolate à cama, quem os ajuda a vestir. E almoço na mesa, eles logo na rua e ela outra vez na máquina, até de noite. Foi uma vez quando voltava a pé, de levar costuras, sem dinheiro para o bonde, que encontrou aqui um sujeito atrevido. A fome é negra, e gostar de filho é pior que fome. D. Joaquina, coitada! viu que podia fazer mais algum dinheiro e voltou envergonhada. E, como o tempo habitua a tudo, agora tem este serão...
— E os filhos sabem?
— Como não? São lá tolos? Só não dizem porque não lhes convém. Cada vez mais vagabundos, mais exploradores. E ela gostando cada vez mais deles. A maior felicidade de D. Joaquina é quando eles atravessam o largo e vêm lhe pedir a bênção. Eles só vêm, os marotos, quando precisam de dinheiro...
Nós olhávamos o grupo. A velha tinha pela primeira vez a face alegre.
Abria a bolsa, dava uma cédula ao tipinho. O tipinho esperava apenas por isso, porque logo estendeu a mão. E nós vimos o velho trapo da praça estender também a mão para que o rapaz a beijasse — tão transfigurada que parecia uma duquesa e parecia uma santa...

– Vamos embora, Augusto. Olha que perdemos o primeiro ato.

– Sim, perdemos, tartamudeou o incorrigível romântico.

Senti que desejava correr. Augusto parecia não querer andar. Passava por nós a velha pelancuda, infame, seca. E Cidália falava-lhe. Ainda as ouvimos.

– D. Joaquina! Já sei que está contente. O seu José veio vê-la...

– Coitado! Rebentou a botina e queria ir ao baile hoje. O meu filho! Cidália, uma pobre mãe não deve poupar sacrifícios, quando Deus lhe deu dois filhos seus amigos...

Tomei do braço de Augusto.

– Como nos enganamos!

– Nunca, murmurou o psicólogo, nunca nos enganamos! A vida é sempre muito mais atroz do que se imagina...

E entramos no teatro com a boca amarga, a tristeza inútil n'alma para discutir nos intervalos com senhoras e cavalheiros a voz do tenor e a plástica da prima-dona. Seria uma calamidade se todas as coisas fossem imprevistas...

A MENINA AMARELA

Havia oito dias, Pedro de Alencar, aquele rapaz tão distinto e com uma posição invejável, ia seguidamente à casa de Flora Berta. Toda a roda estava admirada. Pedro – criatura feita de aristocracias inatas, cultor de elegâncias, encafuado num conventilho da Cidade Nova, entre mulheres de má vida, apaixonado pela Flora Berta, gordinha e vulgar nos seus vinte anos! Parecia impossível! Era decerto um novo vício, mais uma esquisitice moral.

Depois, Flora, curioso ser de instinto, tinha um amante, sujeito forte e carnudo, em casa a noite e o dia; e mais uma tropa de amigos íntimos que se aproveitavam dos esquecimentos da proprietária; para almoçar, jantar, dormir e, sempre que havia ocasião, amar. Não! Era impossível. Entretanto, Pedro de Alencar estava cada vez mais preso, e ao encontrar um dos seus mais acirrados amigos, deu a solução do enigma daquela atração.

– É esplêndido, filho, de inconsciência moral! Não imaginas a atmosfera permanente de animalidade vestida. Há meia dúzia de mulheres que só pensam nos homens, uma caterva de homens a galopar pelos corredores. E tudo, até os móveis, parecem gritar a falta de vergonha. Com um mês de estadia naquela casa, fica-se a perguntar onde está o pudor. Realmente, existe o pudor? Existiu mesmo? Estou de observação, meio alegre e meio triste.

A casa em que Pedro de Alencar estava de observação tinha no quarto da frente Flora Berta, com uma cama quebrada, um sofá servindo de toilete e as fotografias e os cartões postais dos seus apaixonados, pregados a tacha pelas paredes. As paredes estavam cobertas dessa ilustração amorosa e edificante. No quarto pegado, morava a Rosinha da Gruma, uma pobre mulher de boca mole e dentadura postiça, que se fizera especialista em amar meninos. Tinha talvez trinta permanentes, dos treze aos dezoito anos, que lhe levavam os magros vinténs, ardendo de devotamento e choravam quando se viam preteridos pelo mais velho, bela envergadura de atleta, cujo primeiro e único carinho fora a aplicação de uma sova tremenda. Na alcova pegada, morava um tipozinho franzino e pintado, a Formiga, apaixonada por um adolescente belo como o Perseu de Benevenuto, e no quarto da sala de jantar, rebaixada por falta de pagamento, Nina Banez, ex-cantora de café-concerto, subitamente empolada pelas caretas de um cômico jovem chamado Andrade. Ainda para os fundos moravam a velha mãe de Flora, com um tipo valentaço, que lhe batia diariamente, o irmão de Flora, ser ambíguo e serpentino, e a criada – uma criada baiana, sempre envolta num chalé e fumando certo cachimbo tão comprido, que parecia mais um narguilé.

    Esse pessoal fazia ponto de reunião na estreita casa de jantar, onde, além da mesa, de um guarda-comida e da bilha de barro, havia uma lousa negra, em que se expunham os nomes das pessoas devedoras. Para passar aos quartos, passava-se por ali. Quartos havia que exigiam mesmo a passagem por outro. De modo que de repente, na conversa animada, havia um silêncio. Era alguém que entrava.

    – D. Rosinha está?

    Se era conhecido, o silêncio transformava-se em alarido.

    – Ora, entra, deixa de partes!

    Se era coisa nova, ou havia complicações, uma companheira dizia sempre:

    – Vou ver.

    Ia apenas prevenir. O que estava, saía por outra porta a vir tomar cerveja, e a Rosinha aparecia calma e sorridente:

    – Só agora, seu mau! Estou à espera há tanto tempo!...

As damas estavam sempre em roupão, ou em camisa, os homens à frescata. À noite, assim por volta de uma hora da manhã, quando voltavam do teatro e dos cafés, organizavam-se ceias súbitas. Cada rapaz ia comprar uma coisa. Alguns, quando não tinham dinheiro nem para isso, vestiam as camisas das damas e ordenavam os outros com ares dominadores.

Pedro de Alencar assistia às cenas desenfreadas com um excelente bom humor. A princípio Flora Berta fazia sair o rapaz vigoroso por um dos quartos, para não se encontrarem. Pedro deu com o rapaz um dia à porta...

– O Sr. Francisco?
– Às suas ordens.
– Subamos juntos.
– Parece-me...
– Nada mais interessante.

O Sr. Francisco subiu. Foi um acontecimento. Entre Francisco e Pedro, Flora Berta irradiava de orgulho e de prazer. Francisco era a sua satisfação física. Pedro o seu apetite de efeito. O segundo era mostrado como se mostra um colar de preço; o outro era invejado como um jantar sempre quente. E, verdadeiramente repartida, pendida para Pedro, com as mãos para Francisco, parecia felicíssima. De resto, embaixo, o automóvel de Pedro carbunculava na treva, e ela não resistia em ir correr a imensa Avenida do Mangue, um manto apenas sobre as espáduas nuas como Frineia, só com o seu homem de luxo...

As conversas gerais nunca eram de uma inteira cordialidade. De suscetibilidade grande, essas damas zangavam-se por qualquer coisa, umas com as outras. Um vocabulário assustador surgia, portas batiam, gritos, ameaças de conflito. De vez em quando o ardente sustentador da mãe da dona da casa aparecia alcoolizado, com um punhal formidável, querendo matar toda a gente. As mulheres atiravam-se às janelas, pedindo socorro, e como a delegacia era próxima, minutos depois, soldados de espadagão trepavam escada acima, prestes a prender todos os presentes. Como, porém, o delegado tinha uma especial amizade a Flora Berta, tudo continuava na mesma. E ela vociferava indignada:

– Canalhas! Se não fosse eu, estava tudo preso!
Mas o agradável eram as tardes e as noites passadas na sua alcova paupérrima. Berta fechava-se por dentro, farta daquela vida, querendo uma casinha com palmeiras e canários. De um lado Francisco, sempre enleado, sorria; de outro, Pedro, muito alegre, fazia-lhe perguntas, e ela deitada, ria a morrer e contava coisas, como desde criança imaginara ser raptada, a fuga aos quatorze anos com o marido, um barbeiro, aliás, meio tolo, o abandono da casa por causa dos ciúmes da mamã, a quem sustentava.

– Afinal, sempre é mãe, não achas?

Depois tinha ternuras de voz:

– Na minha vida, até agora não tinha gostado de ninguém.

– E agora?

– Agora gosto de vocês dois.

E piscava os olhos para o Francisco, se Pedro estava voltado, tendo o cuidado de significar por um sinal qualquer a Pedro a sua preferência. O Sr. Francisco talvez acreditasse. Pedro divertia-se, amando, afinal, como devia amar essa criaturinha, ingênua, apesar de perdidíssima naquele ambiente de crápula. Era dos que se contentam com o que as mulheres dão, achando-as sempre generosas, por piores que elas sejam. E isso dava-lhe em pouco tempo uma enorme vantagem sobre todos os outros.

– Duvido! bradava ele.

– Juro!

– E estes retratos todos?

Ela então contava a história e as particularidades de cada um daqueles cavalheiros, ia buscar as cartas para lerem alto, rindo. Um dia, Pedro propôs o degolamento geral do exército de fotografias.

– Apoiado! fez com uma alegria terrível o Sr. Francisco.

– Não! não! clamava Flora Berta, louca de riso com a ideia do julgamento e da morte dos retratos.

Horas depois as paredes estavam nuas e Pedro sentia aquele misto de contentamento e de tristeza que tem todo o homem moderno, quando irreparavelmente o mundo lhe mos-

tra o vácuo dos sentimentos. Era inacreditável! Não sentiam aqueles seres, não pensavam, não tinham um toque que os diferençasse dos animais, e pareciam felizes e viviam. Talvez fosse melhor não sentir, porque o pudor é a diferenciação do homem, e aqueles sem pudor viviam radiantes. Nenhum deles teria ao menos um laivo de decoro d'alma?
Talvez tivesse, mas tão apagado, tão liquefeito, e com certeza tão extemporâneo! Os homens pareciam ir ali despir a vergonha para estar à vontade; as mulheres nascidas naquele meio desde crianças, ainda impúberes e já com o conhecimento completo das mais tremendas luxúrias, prestando-se a todas as ignomínias, ignoravam mesmo o que fosse o pudor. E a sua dignidade – porque elas tinham dignidade – era ter muitos amantes e não se zangar quando as outras lhes tomavam alguns.
– Meus restos, criatura...
O ceticismo romântico de Pedro tornava-se de uma análise penetrante, fazia-o um avaliador de algumas frases inconscientes daquela gente que ele tivera a ilusão de julgar um pouco melhor que a roda da diversão e prazer caro. Pois era pior. Pior porque não era imoral. Nem isso. Pior porque era a alma nua espojando-se e mostrando as mazelas. Aquelas mulheres tinham sido virgens, talvez tivessem ignorado a vida. Nenhuma delas, porém, mostrava, na abundante tagarelice, um sentimento perfumado, uma vaga emoção dignificadora, – tropa meio bamba de bacantes permanentes, com instintos selvagens. E, entretanto, Pedro não desanimava. Fazer-se amar pela Flora Berra? Pobrezita! Não. Ver uma daquelas mulheres mostrar subitamente qualquer coisa de nobre? Não. Pedro esperava o terrível, o imprevisto, lugubremente horrível que há sempre a pairar nos transbordamentos banais da luxúria. E naquela casa aberta a toda a gente, onde se praticava a vida animal sem mistério, sem recato, na sarabanda das ceias, nas mais desenfreadas orgias, em diálogos com a velha mãe de Flora, diariamente espancada, forçando a intimidade com o amoroso Francisco, a cada instante parecia-lhe sentir que impalpavelmente a revelação imprevista ia surgir.

Uma vez, Pedro estava só com a Flora, quando bateram à porta:
— É o Francisco.
— Não, ele bate de outro modo. Decerto alguém que vai passar para o quarto da Rosinha.

Deu a volta à chave, abriu. Diante deles estava, com a sua saia suja, o casaco em tiras, o cabelo de estopa por pentear, uma pobre menina.

Era horrível.

Pequena, miúda, magra, o pescoço fino, tremia como se viesse da neve.

E parecia que lhe tinham dado por dentro da pele um violento banho de enxofre. Tinha jalde a face, a pele das mãos era amarela, os lábios, sem sangue, laivavam-se de amarelo, e nas olheiras cor de perpétua a esclerótica, era cor de ovo. Lembrava um espectro de pesadelo, um ser irreal, onde só os seios duros e eretos davam uma impressão de vida impetuosa.

Quando viu Pedro, agarrou-se à porta, a face contraída, tremendo.

— Que queres? indagou colérica Flora.
— Foi a senhora sua mãe que mandou. Pensava estar só, balbuciou a petiz.
— Não disse já que não aparecesse aqui?
— Foi sem vontade. Desculpe. Eu não gosto, não, de aparecer.

E foi recuando, pávida. Berta fechou a porta.
— Que bicho é esse?
— Uma rapariguita, que está aí de favor. Ajuda lá na cozinha.
— Não a tinha visto ainda.
— Tem medo, é uma tola. Imagina tu que tem medo aos homens! Por isso não aparece.
— Mau lugar escolheu ela.

Mas de novo arranhavam à porta. E de fora uma voz lívida, voz de medo, de angústia, de pavor, de choro, quase soluçante, dizia:

— Sou eu ainda, minha senhora. Sua mãe manda buscar a bacia...

Prevendo uma violência da encantadora Flora e mais do que tudo cheio de curiosidade, Pedro ergueu-se rápido e tornou abrir a porta.

– Vá, entre.

A pequena hesitou como se fosse atirar-se a um abismo, fechou os olhos, arregalou-os muito, esticou as mãos amarelas, andou um pouco. Tinha os pés nus e sujos e andando arfava como um duende aterrado. Agarrou a bacia, sobraçou-a. Era atroz, assustadoramente atroz.

– Vem cá. Como se chama você?

– Fala, menina, não tremas. Este senhor não te faz mal. É isso. Vê homem, começa a tremer! Ó Maria, como te chamas? Conta como foi, rapariga, vem cá...

A pequena amarela olhou-os um instante mais, convulsionou-se num soluço que lhe esbugalhava o olhar e deitou a correr pelo corredor. Houve um silêncio, logo interrompido pelo riso de Flora Berta.

– Está há muito tempo contigo?

– Três meses. Foi o pai que a colocou aqui. Tem doze anos e já com aqueles seios...

– Mas está doente, filha. Nunca vi na minha vida uma criatura tão amarela.

Flora voltou-se no leito. Estava linda com a sua carne de leite e rosa.

– Não. Aquilo foi de repente. Há quatro meses um carroceiro, amigo do pai, agarrou-a de noite, à força. No outro dia foram encontrá-la assim, a soluçar, não podendo olhar os homens sem tremer, sem fugir. Nem mesmo o pai. É amarela, toda amarela, filho. O médico disse que foi de horror...

No dia seguinte os hóspedes alegres da casa de Flora Berta verificaram com mágoa que Pedro de Alencar, aquele rapaz tão distinto e com uma posição invejável, deixava de aparecer.

A AMANTE IDEAL

Esses cavalheiros haviam mostrado um certo apetite. Era, após o jantar, na residência de Ernesto Pereira, assaz feliz para ter, antes dos quarenta anos, um palacete discreto e muito mais de cem mil contos.

Com tão confortável fortuna, Ernesto estava quase branco, não bebia senão águas minerais e mantinha as mulheres como simples companheiras para distrair. Após um negócio – ceia com elas e champagne bebido pelos outros. Enriquecer quando não custa a vida e uma fortuna, custa, pelo menos, o melhor bem humano, porque transitório – a mocidade. Ernesto aliás tratava o doloroso e delicado assunto com cinismo amável. – Que querem vocês? Aos vinte anos, afastei as mulheres para conquistar a Fortuna. A Fortuna vingou-se desabituando-me do amor...

Mas era gentil, muito gentil, como diziam essas damas. Fazia as despesas de uma italiana, montara casa a uma espanhola, comia com as figuras mais impressionantes do armorial da galanteria, e protegia, às ocultas, algumas costureiras e modistas. O desprezo, ou antes, a integral indiferença de Ernesto pelas mulheres, só poderia ser notada porque esse homem jamais tinha uma história de mulher a contar. Quando narrava um fato era dos outros e referia-o sempre com o riso ingênuo da completa incompreensão. Parecia contar pilhérias de bonecos.

Os amigos julgavam-no feliz. Era-o. O homem feliz é aquele que não conhece o amor.

Nesse momento, porém, acesos os charutos no terraço sobre o mar a roda se fazia de homens, como é a maioria dos homens, tendo a vida com dois fins: dinheiro e mulher. Estavam Otaviano Rodrigues, que se arruinara por uma princesa austríaca, e André Figueiredo, com quem a princesa enganava Otaviano, mas que por sua vez tinha várias paixões, menos a princesa. Estava Clodomiro Viegas, que nunca pagara o amor e andava sempre a arranjar dinheiro para ser gentil com as generosas criaturas. Estava o comendador Andrade, que em trinta anos de francesas ainda não aprendera a falar francês. Estava Teodoro Gomes, o bolsista que enriquecia a bailarina russa de uma companhia italiana, em companhia de Godofredo de Alencar, o único literato com dinheiro.

E também palestrava Júlio Bento, lindo e excelente rapaz de trinta e cinco anos, casado, pai de cinco filhos, mas cuja lista de conquistas não deixava de ser profusa.

A conversa, precisamente, generalizava-se a propósito da última paixão de Júlio, senhora alta, com enorme boca vermelha e dois braços de tragédia, admiráveis e brancos, "as duas velas de seda da trirreme do amor", como dizia, com exagero, Godofredo de Alencar. Essa mulher agoniava Júlio Bento. Eram cartas, telegramas, chamadas ao telefone, imprevistas aparições, cenas de ciúme, ataques, tentativas de suicídio, recriminações, inquéritos minuciosos.

– Um inferno, meus caros! E eu tenho receio que minha esposa venha a saber.

– Mas deixa-a. Nada mais simples! insinuou Ernesto com o seu ingênuo e feliz desconhecimento do complicado desespero das ligações amorosas.

– É bom dizer. Ela mata-se...

– Ora!

– E para que deixar esta, se são todas assim? indagou ironicamente Alencar. Amar é sofrer, mas ser amado é o cataclismo. Não se pode fazer mais nada. Elas caem sobre a gente como os andaimes. Um gnóstico dizia que é preciso passar pela mulher como pelo fogo. Nós imbecilmente ficamos a assar. Ao demais o Elifas Levi já teve uma frase lapidar –

"Queres possuir? Não ames! Nós, sem inteligência, em vez de possuir, somos possuídos. A inteligência é um perigo no amor.
— Paradoxal!
— Conforme. Qual de nós não almeja, não sonha com o tipo da amante ideal? Qual de nós, porém não sofreria se amasse o tipo da amante ideal? — A questão é saber qual a amante ideal, após três meses...
— A amante ideal! suspirou Júlio Bento.
— É a esposa, sentenciou o velho solteirão Andrade.
— A esposa, meu caro amigo, desde a Grécia, é a mãe dos nossos filhos. Não a sobrecarreguemos... Moisés, segundo a legenda, forjou o anel do Amor. E tais foram as complicações, que logo teve de forjar com pressa um outro: o anel do Esquecimento. Nenhum dos dois é a aliança matrimonial...

Júlio Bento ficara pensativo. E de repente:
— Como o Alencar fala a verdade. Eu já tive a amante ideal. Houve na roda um alegre sobressalto.
— Tu?
— Como era ela?
— E deixaste-a fugir?

Júlio Bento, sem tristeza, suspirou.
— Sim. Apenas só depois é que soube... E até agora, francamente, não compreendo, não atino, não sinto bem... Que aventura! Imaginem vocês...

Acendeu outro charuto e, impaciente, continuou:
— Há uns cinco anos encontrei no teatro uma encantadora mulher. Pálida, da cor dos jasmins, dois olhos verdes, pestanudos, uma longa cabeleira de ébano, alta, magra. Estava no camarote pegado ao meu, só, vestida de preto. Olhou-me duas vezes. Da segunda havia muitas intenções. Fiquei desejoso de a conhecer, de falar-lhe. Mas, evidentemente, não era uma qualquer mulher. Saiu em meio de um ato e eu fiquei com a família, não sei por que, raivoso. Quatro dias depois ia pela rua do Ouvidor, quando a vi que vinha a sorrir. Tinha uma linda boca. Cumprimentei-a. Continuou a andar. Segui-a. Voltou-se uma só vez e logo meteu-se pela rua Gonçalves Dias. Continuei a acompanhá-la. Ela ia pelo meandro de ruas

estreitas e comerciais. Enfim, num beco deserto, entrou por uma porta. Quando passei pela porta, ela estava no corredor. Timidamente disse-lhe:

– Desculpe se a acompanhei...
– Entre, fez ela com a voz calma. Não podíamos falar em ruas de movimento. Não seria conveniente nem para mim nem para você.

Fez uma pausa, murmurou: Simpatizei muito com a sua pessoa.

– E eu, então!

Ela riu:

– Sempre que as mulheres querem, os homens simpatizam ao menos uma vez.

Agarrei-a, ela ofereceu-me a boca, que cheirava a rosa, e gulosamente mordeu-me. Depois, desprendendo-se:

– Agora vá embora!
– Mas isso não pode ficar assim. Onde a posso encontrar?
– Na minha casa é impossível neste momento...
– Como se chama?
– Adelina. Até outro dia...
– Há outras casas. Por aqui mesmo...
– Hoje não.
– Porquê?
– Ninguém tem mais vontade do que eu... Amanhã, se quiser. Serve-lhe às duas horas da tarde, num automóvel defronte do terraço do Passeio Público?

Concordei. No dia seguinte rolávamos, às duas da tarde, para a Quinta da Boa Vista e essa mulher era de um ardor, de uma paixão alucinantes. Apenas não saiu do automóvel e no automóvel estivemos até às seis horas. Ao deixá-la, Adelina disse-me apenas:

– Moro numa pensão da rua da Piedade. Quando quiser, escreva-me.

– E não posso lá ir?
– Se quiser, durante o dia.

A minha curiosidade conseguiu saber aquilo que ela não dizia, mas de que não fazia mistério. Chamava-se Adelina

Roxo. Era casada, separada do marido. Vivia mantida por um velho diretor de banco, que lhe dava larga vida. O seu modo era tão esquisito, tão diverso das outras mulheres quando desejavam, que me abstive de a procurar oito dias. Quando as mulheres são sinceras, os homens são "cocottes".

    O "chiquet" é a essência do amor. Apenas verifiquei a inutilidade do processo e apertou-me o desejo. Queria aquela volúpia e queria também conhecer a mulher. Escrevi, pela manhã, uma carta sem assinatura, e lá fui. Recebeu-me deliciosamente. Tinha três salas admiráveis. O gabinete de vestir era mobiliado de sândalo com incrustações de marfim. Os tapetes altos de seda turca contavam em azul sobre fundo rosa suratas do Korão. Um cheiro de rosas errava no ar, e ela despindo um "chartcha" de seda pesada apareceu-me através de um tecido de Brussa com a pulcra delicadeza de um lírio à sombra. Amei-a furiosamente. Ela era das que, entregando-se, infiltram nos mortais ainda mais desejo. E se eu a amei, ela teve todas as etapas do delírio desde o frenesi ao desmaio. Ao sair esperei alguma frase, um pedido, uma súplica. Nada. Não me demorou, beijou-me com a alma. E não disse uma palavra.

    Era diversa, integralmente diversa das outras. Certo gostava de mim, gostava com um calor que eu não sentira em nenhum outro corpo. Mas todas as mulheres querem saber coisas, perguntam onde vamos, indagam se as amamos muito, se será para sempre, e não deixam de reter mais alguns momentos a criatura... Ela não teve um só gesto nem uma das frases banais, mas que estamos acostumados a ouvir.

    Claro que voltei. Conversávamos. Ela, sem pedantismos, sabia muito mais do que eu. Viajara a Europa inteira, falava várias línguas, conhecia os poetas de diversos países, que lia em encadernações de antílope com fechos de ouro lavrado. Mas, rindo com infinita alegria, prendendo com a sua clara voz, o seu olhar de brasa verde, o seu corpo de jasmim, jamais perguntou pela minha vida. E também não me disse uma palavra a respeito da sua, e também não me pediu nada. Sabem vocês como as mulheres gostam de contar a própria vida aos amantes. É um duplo exercício de mentira e de tortura. Sabem vocês, como ao cabo de uma semana não se pode dar um passo sem ter a senhora apaixonada a perguntar-nos os detalhes mínimos do dia. Ela abstinha-se desses atos, naturalmente. E, talvez por isso, se o meu desejo aumentava, a minha desconfiança irritada crescia. Nem o meu nome ela perguntara – nome que, de resto, devia saber. Tratava-me de "Meu pequeno", meu "guru". Um dia disse-lhe:

– Não sabes o meu nome?
– Não.
– Mas eu assino as cartas...
– Ah! sim, as cartas... Mas não quero o teu nome, quero-te a ti. Que me importa que te chames João, Antônio ou mesmo Júlio?...
– O tratamento de "guru", entretanto...

Ela deu uma grande risada.

– Ah! essa palavra é de um grande poema de amor, o "Ramayana". É urna palavra de carinho, de afeição que não tem tradução. Achei-a simpática. Só a ti no mundo eu chamo assim. Porque só a ti no mundo eu amo, meu pequeno...

– Enfim, um homem casado transformado em "guru"...

Eu dizia para forçá-la a perguntar-me as coisas. Foi em vão. Em virtude de tanta liberdade, como sou humano entre os lamentáveis humanos, aproveitei-a para traí-la. Traí-la? Pode-se trair uma mulher que não nos toma contas? Tive várias intrigas amorosas, que me deram enormes incômodos e fizeram-me enormes despesas. Todas essas mulheres amavam-me como loucas e eu as deixei sem que elas mudassem. Alguns negócios forçaram-me a ausentar da cidade.

– É uma aventura mortal! dizia a mim mesmo para convencer-me.

E ao chegar das viagens, lá ia entre desejoso daquele amor impossível de pôr em dúvida e um vago mal-estar, uma inquietação. Afinal, teria ou não interesse por mim? Tinha, era evidente que tinha. Mas não era bem esse alheamento da vida comum. Talvez forçasse a indiferença para não contar os mistérios da sua existência. Mas, respondia sempre com franqueza

a tudo quanto lhe perguntava! Talvez tivesse outro amante. Inquiri, observei. Não. Além do velho banqueiro, só a mim...
Os nossos encontros faziam-se intermitentes. Semanas havia que estávamos juntos todos os dias. Depois passávamos semanas sem nos vermos. Era natural que essa mulher, diante de uma ausência prolongada, procurasse falar-me, escrevesse, passasse um telegrama ao menos. Pois nada. E recebia-me com a mesma ternura, o mesmo sincero amor, sem uma pergunta. Às vezes resolvia não a procurar mais. Encontrava-a, porém, na rua, e a irradiação do desejo era tão forte, que tivesse eu o mais urgente negócio, largava tudo para segui-la. Ela também ficava trêmula, com as mãos frias. Tomávamos o primeiro automóvel e era um verdadeiro frenesi.

Diante da sua absoluta discrição, era forçado a ser discreto. Nunca trocamos uma palavra a propósito do velho diretor do banco. E a necessidade de contar a minha vida se fazia nula com o acanhamento que produzia o seu ar de não querer saber. Uma vez gabei-lhe os olhos. Eram macios e ardentes.

– Herança, meu pequeno.

– Como?

– Eu sou descendente de armênios. Minha avó devia tapar os olhos. Eles ficaram com mais luz e mais doçura. São olhos de serralho...

– Curioso. Por que não me contas a tua vida?

– Porque não vale a pena.

– Mas não perguntas pela minha?

– Para não te aborrecer. Eu sou a tua escrava. Dei-te o meu desejo e o meu coração. Não tenho o direito de perguntar. Estamos assim tão bem...

Ela falava com tanta brandura, as suas mãos de jasmim pousavam tão docemente sobre os meus olhos, que senti uma infinita pena de mim mesmo, e calei-me... Sim, de fato, para que falar, para que mentir, quando não mentíamos ao nosso desejo? Vivemos assim largo tempo. Se não ia à sua casa e a via na rua – era fatal, soçobrávamos na volúpia. Às vezes o desejo era tão forte e imediato, que ela entrava em qualquer porta e ali mesmo as nossas bocas se ligavam vorazes – antes de seguirmos para a luxúria ardente dos seus aposentos.

Possuía-me e entregava-se como jamais pensara que fosse possível!

Conservara durante anos a mesma chama, a mesma maravilhosa chama. Sem uma intimidade, sem detalhes da vida comum, sem me interrogar, sem chegar a esse momento habitual em que dois amantes são iguais a duas criaturas comuns. Eu a consideraria exasperante, se, talvez por isso – o meu desejo nunca tivesse força de resistir.

Enfim, há três meses tive de ir à Bahia. Ia demorar, pelo menos, trinta dias. Podia dizer-lho. Mas o meu orgulho resistiu. Passei a tarde com ela, aliás, e quando consultei o relógio, ainda esperava uma pergunta, que não veio. Parti. Não escrevi. Não escrevi, posto que pensasse nela. Era o que eu julgava uma vingança. Ao chegar, não resisti e fui vê-la. Recebeu-me a dona da pensão, uma velha francesa.

– Bem dizia madame que o senhor tornaria...
– Onde está ela?
– Oito dias depois daquela tarde, ela caiu doente, muito mal. Esteve assim três dias. Afinal, os médicos acharam necessário uma operação. Era apendicite. Saiu daqui para ser operada no Hospital dos Ingleses. Mas antes de sair, chamou-me. Lembro-me bem das suas palavras, "Ia pauvre"!

"Madame Angéle, eu vou morrer, sinto que vou morrer. Quando o meu pequeno aparecer, diga-lhe que não fique triste, mas que eu morrerei pensando nele como o meu único bem..."

– Então?
– "Pauvre petite!" Morreu na mesa de operações...
– Mas onde a enterraram?
– Não sei, não acompanhei. Talvez perguntando ao Sr. Herbrath...

Desci, quase a correr, para não mostrar à velha francesa as minhas lágrimas. Todo esse longo, o único longo amor da minha vida, surgia aos olhos do meu desejo como um sonho. Tinha sido uma ilusão, a imensa ilusão. E desaparecera, de modo que nem mesmo lhe sentira o amargor, nem mesmo lhe compreendia o fim, pensando na última tarde que fora a primeira, sempre primeira, sempre nova, sempre a que afasta para depois a tristeza...

Na rua, eu era como o homem que, tendo tido uma entrevista de amor em que amou com fúria – procura encontrar de novo aquela que não teve tempo de conhecer bem, com a ânsia dos vinte anos.

O criado de Ernesto entrou nesse momento com o café e largos copos de cristal, onde gotejou uma famosa "fine" de 1840. Júlio recebeu o copo, virou-o. Se estivéssemos em tempo de emoções, a sua história poderia ter comovido. Mas não estamos. Otaviano é que disse com indiferença:

– Curioso!

– Nunca me pediu nada, nunca lhe dei nada, nunca me perguntou nada, continuou Júlio Bento, com a voz surda. O sentimento que conservo por ela é o mesmo: um louco desejo e uma certa humilhação...

– Porque tu és da vida comum e ela era o amor, respondeu Alencar. O amor é o desejo acima da vida. Talvez nunca tivesse dito sem o sentir uma tão profunda frase. Nenhum de nós nascidos e vividos na mentira e na tortura da mulher, compreenderia essa amante que existiu, como todas as coisas irreais. Mas, se nos fosse dado compreender – aos homens como às mulheres, todos nós invejaríamos a tua sorte e o prazer superior dessa suave perfeição. Para conservar o desejo é preciso não mentir, não pedir e não saber. Ela foi a amante ideal, a única sincera.

Nesse momento o criado voltou a prevenir Bento de que uma senhora estava à sua espera num automóvel, a chorar.

– É, a Hortência! bradou Bento. Nem aqui me deixa! Por Deus, não lhe contem essa aventura. Teria ciúmes da morta. É insuportável!

E como todos os homens neste mundo, precipitou-se ansioso para a amante, igual às outras.

A AVENTURA DE ROZENDO MOURA

Na rua era um fragor. As casas pareciam abaladas pelo barulho dos tambores, das cornetas, dos bombos, da vozearia infernal. Rozendo Moura, muito maldisposto, estava a vestir-se. No seu encantador gabinete de laca branca com estofo cor-de-rosa e uma infinidade de objetos de cristal e marfim por sobre os móveis, nós insistíamos.
– Não me deixarão vocês?
– Rozendo! Uma terça-feira de carnaval!
– Mas chove...
– Tanto melhor. A Berta Worms espera-nos!
– Essa mulher desagrada-me...
– Não há mulheres desagradáveis. As mulheres contentam-se com ser, como dizia o dramaturgo – a razão e o impedimento de todas as nossas obras...
– Pois eu julgo-as portadoras de fatalidade e nós, mesmo contra a vontade, as placas sensíveis dessas correntes de Mistério.
– A Berta dá então azar?
– A mim, pelo menos. Explico o meu caso. Pode dar sorte a outros. Comigo, há mulheres que, aproximadas, são motivo de prosperidade. Outras baralham-me a vida, por mais que me amem. Tenho de brigar a murros com desconhecidos, negócios quase realizados periclitam, a saúde fenece... Assim deve ser com vocês, com todos os homens. Infelizmente não sou excepcional. Há de resto uma espécie

de mulheres pior – a que age sobre os homens como alucinação, fazendo-os participar da própria desgraça. Dessas, quem escapa uma vez, não torna...
— Fetiche!
— É que vocês nunca se lembram da mulher que os acompanha...
— A mulher fatal?
— Todas são fatais.

Houve uma pausa breve, enquanto Rozendo Moura dava o laço da gravata, diante do espelho.

— Ó Rozendo, já escapastes de alguma? indagou Jaques Ciro, um prodígio de ceticismo, porque tinha apenas vinte anos.

— Já. Olha. O carnaval faz-me lembrar a mais horrenda semana da minha vida, a semana em que eu participei integralmente da horrível fatalidade...

Nesse momento, o rumor vindo da rua tornou-se tão grande, que tivemos de ir à janela. Chovia a cântaros. Mas, embaixo, a multidão delirava. Eram gritos, uivos, gargalhadas, assobios, guinchos de cornetins, rufos de tambores, sacolejos de adufes, estalos de pratos. E os sons agoniantes dos bombos bombardeando as fachadas... Rozendo recolheu com desgosto, atirou-se no divã.

— Não, positivamente não vou!...
— Recordaste a semana horrível? tornou Jaques Ciro.
— Sim. E tanto mais atroz, quanto até hoje não compreendo como e por que agi nesses oito dias. Foi há cinco anos e por mais que pense, não explico.
— Macabro. Misterioso. Assustador. Recorda-se você da Corina Gomes, uma rapariguita brasileira, que frequentava os clubes?
— Há cinco anos, Rozendo? Não há memória que alcance uma rapariguita brasileira a cinco anos de distância. Depois eu estava na Europa...
— Felizardo!
— Infeliz, porque voltei...
— Pois a Corina era magra, lívida, tomava cocaína. Eu achava-a antipática. Nunca trocáramos senão monossílabas, o

instinto dizia-me que essa mulher seria a desagradável aventura da minha vida. Como? Não sabia!

Ora, numa terça antes do carnaval, com a agitação da cidade, habitual em tais dias, sentia-me inquieto, indeciso, nervoso. Desejava voltar a casa e queria aborrecidamente beber champagne e ouvir gritos no clube – onde se anunciava uma ululante *redoute*. À porta do club ainda hesitei. Ia acontecer-me qualquer coisa de desagradável. Com certeza. Sem ter inimigos, apalpei o revólver no bolso da calça. Há desses instantes de polarização nervosa em que vagamente sentimos o que está no ar e vem... Veio. Veio como os ciclones. Ainda no vestiário senti uma voz de agonia:

– Leve-me daqui já ou estou perdida! Pela sua honra...

Voltei-me. Era um dominó.

– Que brincadeira é essa?

– Por piedade! Não posso falar aqui. Escute, venha cá...

Frágil, a sua força nervosa era tão intensa, que quase me arrastava para a rua.

– Você está doida, mulher?

– Pelo amor de Deus! Só a sua companhia até mais abaixo, Rozendo...

– Conhece-me?

– Sim, sim. Salve-me de morrer!

– Mas quer comprometer-me?

– Não. Quero a sua presença contra um covarde!

Na rua um táxi rodava vazio. Ela precipitou-se.

– Mande tocar já, já – para onde quiser...

Olhei em redor. Não havia ninguém suspeito. Tratava-se por consequência de uma aventura sem consequências.

Ela entregava-se, indo onde eu quisesse... Curvei-me para o motorista e, quase em segredo, dei-lhe uma direção vaga. Por quê? Até hoje não sei. Quando me voltei, o automóvel em marcha, o dominó levantou a máscara. Era Corina Gomes, os beiços trêmulos, lívida...

– Você? bradei colérico.

– A desgraça da minha vida! Não gosta de mim, bem sei. Mas não se trata de amor, Rozendo! Só o sr. poderá salvar-me.

– Eu?
– Há três anos suporto as torturas de um monstro. Tudo quanto ganho é dele. Quando vou ao club toma-me o dinheiro. Depois fecha o quarto todo, abre vários frascos de éter, põe-me inteiramente nua, prende-me os cabelos à gaveta da cômoda, e goza naquela atmosfera desvairante, gotejando sobre mim éter. Oh! não imagina! não imagina! Cada gota que cai dá-me um arrepio. Ao cabo de certo tempo é uma sensação de queimadura, queimadura de gelo até a insensibilidade... Ontem, não foi possível tolerá-lo mais. Protestei, gritei, contei tudo à gente da pensão. Dois homens que lá estavam puseram-no na rua a pontapés. Ele voltou. Não o recebi. Deu então para perseguir-me. Jurou que me matava. Ando a fugir. Vejo-o por todos os lados. É certo que me matará...
– E você incomoda-me por uma tolice dessas! Faça as pazes.
– É tarde. Não tenho coragem. Antes de ouvir-me, mata-me. Tenho a certeza. Os meus dias estão contados. Conheço-o.

Disse aquelas palavras com tal segurança que não hesitei um segundo.

Também eu tinha a certeza da fatalidade que vence todos os obstáculos, também eu via aquela criatura morta...

– Mas que fazer?
– Se pudesse esconder-me uns dias, dar-me depois uma passagem? É inútil, porque ele acabará por encontrar-me. Mas eu tenho medo, muito medo. Falta-me a coragem de morrer, Rozendo!

Devia ter levado Corina à polícia, denunciado o monstro. E, livre de responsabilidade, ir dormir em seguida. Assim faria um homem de bem no uso das suas faculdades.

– Sabe onde está ele?
– Por aí. Procura-me...

De repente senti que tinha ódio a Corina, com vontade de defendê-la. Perdera a noção do real, sabendo que a perdera. Era desejo de aniquilar o desconhecido e o medo vago desse enorme e vago desconhecido. Não disse que a defenderia. Levei-a para um quarto de hotel em rua escura com a resolução de embarcá-la no dia seguinte, ainda não sabia como. No hotel, Corina tremia tanto, quando tentei deixá-la, que fiquei. Dormimos um ao lado do outro, sem uma carícia – ela a delirar com medo; olhando a treva e maldizendo a aventura. E no dia seguinte verifiquei apenas o seguinte: perdera insensivelmente metade da energia. Como essas criaturas na iminência do desastre. Como os criminosos com medo à polícia. Andei dois dias assim, desconfiado, fraco, aterrado, sem agir. Corina não deixava o quarto, sem dizer palavra. Eu sentia que era preciso salvá-la, para salvar-me. Inexplicável estado da alma! Na sexta resolvi terminar, vendo os anúncios dos vapores.

– Embarcas amanhã para a Europa!

Corina despregou-se das persianas, onde passava o dia a espreitar a rua.

– Não é possível! Ele já descobriu.
– Como?
– Vi-o ainda há pouco ali em frente.
– Mas estás louca!
– Não me deixe só, Rozendo! Ele mata-me. Chamei o criado, com uma súbita intenção do perigo. Interroguei-o. Havia algum hóspede novo? Havia. Um homem louro, pálido, que alugara o quarto do outro corredor, e estivera à ler a lista dos hóspedes... Corina caíra sobre o leito. Os seus dentes batiam como se estivesse desabrigada, entre neves. Fiz um esforço:

– Esse homem já recolheu?
– Há pouco.

Era uma luta, devia ser uma luta, secreta e atroz, na sombra. Mandei buscar um automóvel. Consegui dominar o terror de Corina para que ela ao menos caminhasse. Saímos naturalmente, como quem vai a passeio. No meio do caminho trocamos de automóvel. Eu tremia de raiva.

– A culpa é tua! Tu é que o fazes vir, sempre a pensar nele!
– É sim, Rozendo. Sinto que ele vem e não posso, não posso, não posso...
– Acabo com isso eu! Vamos dormir em qualquer hospedaria e amanhã dou queixa à polícia...

Assim fiz. O delegado prometeu tomar providências, mandando dois agentes para o hotel onde estávamos. Mas, ao sair da polícia, compreendi claramente que "ele" sabia da minha resolução. "Ele" sim, o homem que eu desconhecia, com o qual a fatalidade me punha em conflito, o homem de que a Corina devia ser vítima. Essa criatura já decerto sabia, e ria com desprezo. Eu não precisava tê-lo visto para ter a certeza do seu conhecimento... Foi um pensador melancólico que escreveu: "não é só no céu e na terra, é principalmente em nós mesmos que há mais coisas do que podem conter todas as filosofias." Não sei explicar o mistério daquelas correntes de sentimentos que chocavam. Tinha a certeza, porém. E era horrível, era angustioso! Tornei a mudar de hotel e não tive mais coragem de deixar só Corina. Fazia-me reflexo sensível daquela fatalidade feita mulher. Ela aos poucos desdobrava-se em mim. E como só pensava no seu algoz – naquele a quem o Destino lhe entregara a vida – eu também só pensava nele. Passávamos horas a ouvir o rumor dos corredores. Onde estaria ele? Onde? Decerto perto. Talvez, à vossa porta, espreitando...

O meu delírio tinha entretanto intervalos de relativa lucidez. Domingo de carnaval perdi de súbito o medo.

– Corina, achei uma solução para o nosso caso.

– Qual? fez ela.

– Vamos aproveitar o carnaval! Não se pode contar com a polícia. "Ele" ainda não apanhou a nossa pista. O essencial é pôr-te a andar, antes que de novo a descubra! E encontrei-me a planejar alto: Visto-me de qualquer coisa e saio. Vou até a casa, enfio o dominó e venho buscar-te. Sairemos pela porta dos fundos. Faço melhor. O meu criado tem uma rapariga mais ou menos com o teu corpo. Mando-os esperar em qualquer casa de máscaras. Lá eles enfiarão as nossas fantasias e virão para este quarto, enquanto nós estaremos livres para tomar o noturno de S. Paulo. Há quarta-feira em Santos um transatlântico para Buenos Aires e Valparaíso. Se o homem não estiver no vapor, estarás livre...

– Achas?

– É certo.
Saí a executar o plano. Executei-o exatamente. Na casa de máscaras, Corina pôs uma travesseirinha nas costas, armou uns seios muito grandes, amarrou com o lenço o rosto e colocou por cima uma espessa máscara de arame. Eu fiz um grande ventre sob o dominó e saí claudicando. Tudo isso, notem vocês, fazíamos sem ver nada anormal, sem a certeza senão vaga de que ele nos estivesse acompanhando...

Após, conseguimos um táxi. Estávamos prestes a dizer:
– Enfim, logrado!

Mas, curioso. Durante as duas horas em que rolamos por avenidas desertas nesse automóvel fechado a fazer horas para apanhar o comboio, não trocamos uma palavra. Era o grande momento decisivo. Corina apertava a minha mão, de vez em quando, tremendo. Apenas. Eu sentia que o seu medo voltava aos poucos a desequilibrar-me. Passávamos pela cidade em delírio, sem dar por isso. O nosso delírio era maior.

Quando chegamos à Central a confusão urbana tocava o auge. O grande hall da estação cheio de luz elétrica, a turba, os "cordões" com archotes a zambumbar, as danças, os gritos, as lutas de lança-perfumes e dos *confet*, o risco colorido das serpentinas... Metemo-nos por ali dentro para tomar o vagão. E de repente, os dois, no mesmo instante, vimos que estávamos perdidos.

Como explicar essa impressão extralúcida?

Fora caía um temporal desabrido. A estação estava atulhada. Homens suados, bandos alagados, máscaras passavam numa alucinação como galvanizados pela luz elétrica. Ninguém reparava em nós, ninguém decerto, ninguém, ninguém. E entretanto sentíamos que o perigo se aproximava seguro, com o passo firme. Onde estava ele? Era o homem do éter, o homem cuja fisionomia eu nem mesmo conhecia, ele com a sua cara, ou com uma máscara. E olháva-nos, e estava ali, e reconhecera-nos. Sim.

Devia estar, devia ter reconhecido. Que fazer? Que fazer? A vertigem apoderava-se de nós. Aquela mulher era decerto polo negativo a chamar misteriosamente, a atrair o horrendo ser. Ele adivinhava por uma revelação telepática. Sei lá! Sei lá! O fato é que Corina apoiou o corpo no meu braço:

— É o fim!
— Anda para frente, estafermo! rouquejei furioso.
— Não partimos mais, Rozendo.
— Partimos sim!
— Ele está no apeadeiro, sinto-o!
— Prendemo-lo.
— Ele vai tomar o trem conosco. Ele mata-me em viagem!
— Miserável, caminha ou largo-te!
— Voltemos, Rozendo. Ainda é possível escapar, se apanhamos aí um automóvel...
— Agora?
— Sim! Sim!
— Agora? repetia eu correndo, como diante do inexorável Destino. E não havia máscara ou cara suspeita!

Na praça deserta — faltavam as conduções. Só, ao longe, rebrilhavam as lanternas de um carro. Ela deitou a correr. Segui-a, olhando para trás. Ao chegarmos à beira do carro, um *landau* fechado, estávamos completamente alagados. A chuva redobrava.

— Para onde?
— Ande!
— É vinte mil-réis a corrida.
— Seja cem! Depressa!
— Para onde quiser!

O trem tomou o caminho do lado da Casa da Moeda.

— Vamos à delegacia, Rozendo?
— Queres?
— Se ainda for tempo!

Convencido de que não seria possível lutar só contra o horror invisível, gritei ao cocheiro:

— Polícia Central! A toda... O carro, porém, parara.
— Que há?
— Raios o partam! Rebentaram as correias das bestas.
— Hein?
— Dos dois lados. Caiporismo!

– E agora?
– É esperar aqui, até que passe outro carro. Não posso guiar assim.
– Meu Deus!
Era no pedaço mais deserto da rua. Saltei para ver. As correias gastas tinham arrebentado naturalmente. Estávamos nas mãos do Destino. Só havia um alvitre: correr até a esquina, onde passavam bondes, onde havia movimento... Era o meio de escapar, e eu escaparia para sempre, porque no dia seguinte não me meteria mais à guarda daquela criatura.
– Vamos?
– Rozendo...
– Anda...
– Se tem de ser? fez ela. Tens razão.
Desceu, corremos os dois sob o temporal pelo meio da rua escura uns cinco metros, uns dez metros. Sei que ouvi um psiu e voltei-me, enquanto ela estacava. Sei que vi um sujeito que vinha para nós, talvez o cocheiro. Sei que sujeito avançou para Corina com uma pequena máscara de chorão, ergueu braço, e passou a mão pelos seios falsos da rapariga. Ia gritar. Deu-me um pescoção. Rolei na lama. Ele segurava-a, riscando-lhe o dominó com uma navalha.
De súbito ela deu um grito agudo. O único. Pareceu-me que desmaiara. Nas mãos do máscara lembrava um manequim. O homem em fúria continuava a brandir a navalha contra os enchimentos dos seios. Afinal atirou-se à máscara. Era de arame. O fio da arma rompeu-se no tecido espesso. Ouvi os triços gaspeados da lâmina no tecido de arame. Ergui-me de um pulo, saquei do revólver, detonei aos berros:
– Assassino! Assassino!
O tipo arrancava as roupas, a máscara da desgraçada. Eu continuava a detonar e a gritar. Gente corria. Vi cair o capuz à Corina, o assassino agarrá-la pelos cabelos, afundar-lhe a navalha no pescoço e deixá-la tombar num jato de sangue. A cena talvez tivesse durado dois minutos. Para mim foi longa como um século, rápida como um raio. De revólver em punho, fantasiado, meio estrangulado pelos cordões da máscara, eu deli-

rava, presa de uma febre cerebral... Estive entre a vida e a morte, dois meses... E quando os médicos me declararam fora de perigo, tive a sensação absoluta do desastre de que escapara. Ela agira como os ciclones, que embora destinados a um certo sítio, desarvoram, matam, estragam o que se agita no limite da sua ação destruidora. Aquela criatura fora o ciclone. Longe dela ainda lhe sofrera a força fatal. Não morrera, mas estava desarvorado, como os barcos apanhados pela tromba terrível. E desde então, respeito muito essas coisas inexplicáveis que as mulheres representam. A semana de Corina fez-me compreender o horror do enigma dramático da vida...

Rozendo Moura reclinou-se inteiramente no divã. Tinha a fronte banhada em suor. Amigos desse excelente rapaz, nós ouvíamos a anedota e os comentários com paciência e sem prestar muita atenção. Jaques Ciro, o jovem cético, estava ainda na idade em que se toma interesse pelas histórias alheias. Às divagações de Rozendo, insistiu:

– E a Corina, morreu?

– É verdade, a Fatalidade desapareceu? sorriu outro.

– Não, fez Rozendo. Não estaria no meu princípio de que as mulheres são agentes do Destino contra ou a favor de certos indivíduos. Ela parecia a vítima do tal assassino. No fundo a vítima foi ele. Ele é que devia desaparecer para libertar-se...

– Rozendo!

– A própria opinião inconsciente dessa rapariga. Nem ele nem ela morreram. Ele foi condenado a vinte anos de prisão. O advogado tem apelado. Ela, com o pescoço costurado, a cara cheia de talhos, mais magra, mais lívida, vive numa hospedaria das proximidades da Detenção. Todo o dinheiro que arranja é para ele, para o seu antigo, para o seu assassino. Amam-se profundamente. Ela, porque sendo a expressão viva da fatalidade do pobre homem, não o deixará enquanto for possível fazer-lhe mal. Ele, porque ninguém foge à sua mulher, isto é, ao seu Destino... Outro dia encontrei Corina. Não a vira desde a noite trágica. Foi ela quem me falou. E, contando-me o seu amor, a sinceridade do "pobrezinho", exclamou: "Tudo por sua causa, Rozendo. Se não fosse o seu medo e a mania

de meter-se na vida dos outros, o meu Roberto não estaria desgraçado".
– Decididamente, meus amigos, as mulheres!... Não valem o tempo que aqui perdemos, sentenciou grave Jaques Ciro.
– Vão vocês pois ao divertimento. Eu fico com medo à chuva e às rajadas do Destino, que são as inexoráveis mulheres...
E Rozendo Moura ergueu-se, foi até o espelho desmanchar o laço da gravata. Estava só. Todos nós já descíamos as escadas. Corríamos às aventuras prováveis do baile de máscaras. O carnaval, sob a chuva, sacudia as urtigas dos desejos. Não era por consequência momento de refletir sobre as filosofias talvez verdadeiras de Rozendo. O mundo não seria o mundo, se fosse possível a qualquer humano evitar o que tem de ser...

PENÉLOPE

Ora, precisamente, naquela tarde, tendo deixado o seu automóvel no canto da Avenida, a generala Alda Guimarães subia a rua do Ouvidor a pé, para a prova dos vestidos de meio luto no grande costureiro da moda.

Ia, como sempre, impenetrável. Alda Guimarães, que extraordinária mulher! Quando o marido morrera seis meses antes, ela já tinha uma legenda de honestidade heroica. O general, seu padrinho de batismo, e seu esposo, casara aos sessenta anos quando ela tinha vinte. Em vez de ciumento era paternal; em vez de fechá-la, passeava-a por todos os salões, dava recepções, queria mostrá-la como o facho da sua glória. E, apesar dos maldizentes dizerem Alda quase virgem, nunca ninguém ousou lhe atribuir sequer um *flirt*. Alda não amava o marido como o Romeu; mas respeitava-o. Assim, morto o marido e ela rica, bela, esplêndida, séria – o entusiasmo em torno da sua carne e da sua fortuna, foi grande. Rapazes das melhores famílias, aos quais nunca dera atenção, propunham-se para amantes e para maridos; maridos das suas amigas faziam questão de consolá-la. Se não se fechasse, teria a impressão de que a punham em leilão.

Alda Guimarães fechara-se no seu palacete de S. Clemente. A sociedade causava-lhe ainda mais horror sem a companhia do seu velho esposo. Certo não agia de tal modo por hipocrisia, e sim porque nunca amara, porque lhe parecia impossível o desejo e ainda mais o prazer. À sua camarada, a sra. Lúcia de Villaflor, cujos amantes eram inumeráveis, ela confessava:

– Que hei de fazer, se não sinto simpatia por ninguém?

– Mas, minha querida, uma senhora bonita e rica, sem um homem!

– Irei viajar com a Leônia, ao acabar o luto.

Estava convencida da própria invulnerabilidade. E ria, ao pensar naqueles homens todos da sua roda que tanto a irritavam com propostas indecorosamente idiotas. Ainda o melhor da coleção fora o general, bom, sem pretensões.

Era esse o estado de alma e de corpo de Alda Guimarães, ao subir a rua do Ouvidor, caminho do costureiro, quando viu num mostrador de modista uma curiosa e linda série de véus. Parou; deu-lhe vontade de comprar alguns; entrou. Como as vendedoras estivessem ocupadas, notou que vinha do fundo, servi-la, um rapaz, quase menino. Era moreno, forte, com dois grandes olhos molhados e um cabelo tão lindo que só o *S. Sebastião* de Guido Reni teria igual.

A sua ousadia era misturada de timidez. Ela sentiu o coração bater, um grande calor subir-lhe ao rosto. Reparou-lhe nas mãos. Eram grandes, másculas. Deviam ser quentes... Essa opinião atravessou-lhe o cérebro cristalizando a ideia de que seria bom tocá-las. Foi instantâneo. Encostou-se ao balcão para não cometer a tolice. Mas se retinha o ímpeto, olhava mais o rosto do adolescente, e via uma boca rasgada, vermelha, primaveral. Ele não se apercebia do efeito produzido. O seu esforço era para vender bem.

– Veja vossência estas *voilletes*...

Tinha uma voz quente, igual, envolvente, jovem.

– Não, decididamente não escolho hoje. Voltarei.

Saiu. Quase a correr. Pareceu-lhe que se operara nos objetos, nas coisas, nas pessoas uma transformação. Tudo esplendia, tudo ria, tudo era suave e alegre. No costureiro escolheu mais três vestidos, depois das provas. Depois na rua lembrou-se de tomar chá e resolveu logo o contrário. Passou pela casa dos véus, olhou sem querer e não viu senão as vendedoras. Tomou o automóvel. Os seus pulsos batiam e as extremidades estavam geladas, as extremidades dos seus lindos dedos. Em casa, foi-lhe impossível jantar. Quis ler. Suspirou, incapaz de atenção. Dentro dos seus olhos, enchendo-lhe os sentidos estava a figura morena e forte, com os cabelos em cachos e as mãos que deviam ser quentes. Deitou-se. Revolveu o leito. Que solidão! Que imensa solidão! Nem a si mesma ousava confessar a impressão instantânea...

No dia seguinte, porém, como acordasse fatigada da agitação insônia, as palavras que dormiam no seu lábio ansiosas soaram a contragosto.

Seria uma simples incidência do desejo esparso na cidade, aproveitando o momento de abandono de sua alma, o momento em que estava menos preparada a resistir? Mas resistir ao quê? O rapaz era um simples empregado de casa de modas, que não lhe dera nenhuma atenção especial. Nem podia. Nem devia. Nem ela consentiria. O desagradável é que ele não existia socialmente, não tinha um nome, um título, uma família ao menos. Nunca por consequência poderia pensar em fazer-lhe a corte. Loucura! Ela, generala, ela que se recusara às tentações dos leões dos salões, ela que afastara propostas de homens admirados, ela invulnerável tendo no cérebro a hipótese não de um *flirt* mas de qualquer coisa de mais positivo com um pobre pequeno. E ao lembrá-lo assim com pena, via-o de novo, modesto, ingênuo, jovem, tão jovem! Não era possível que outras mulheres ainda não tivessem reparado naquela juventude. Com certeza, pobre, já teria tido amantes ordinárias, dessas mulheres que estragam os rapazes e que são livres, inteiramente livres... Talvez mesmo, num estabelecimento onde entram tantas mulheres elegantes, alguma grande cocotte. Mas não! Ele não parecia contaminado. Ele era novo em folha. Coitado.

Uma languidez, entremeada de agitações, reteve-a nos aposentos até a hora do almoço. Desceu. Almoçou como quem tem medo de perder o comboio. Sentou-se ao piano. A música pareceu-lhe o muro imponderável do isolamento em que vivia. Não pôde mais. Subiu. Vestiu-se com requintes e imensas bondades para Leônia, mandou preparar o automóvel, seguiu para a cidade achando urgente escolher os modelos dos novos vestidos. Quando o automóvel parou, foi como se de repente tivesse de decidir da vida. Tinha um enorme peso nos ombros, arfava, tremia, e as vozes chegavam-lhe aos ouvidos como aumentadas por um tubo acústico. Sentia a vertigem e não sabia bem por quê. Andou assim pela rua. Parou diante da montra, ergueu os olhos para ver através dos vidros o interior do estabelecimento. As vendedoras moviam-se servindo as freguesas. Lá ao fundo o rapaz estava a despachar uma cliente. Tinha outro fato. Estava de claro. O esplendor da sua mocidade era maior.

Entrou, sem hesitar; foi direto a ele.

– Pode mostrar-me os véus de ontem?

Ele fez um rápido esforço para recordar-se.

– Ah! Perfeitamente. Um momento, minha senhora...

E ela ficou, humilhada, com o temor de que alguém da loja fosse desconfiar. Passara uma tarde inteira, uma noite inteira, a manhã toda a pensar naquele ente, ela que bastaria acenar para ter vários secretários de legação, e ele não se lembrava dela – vulgar, vulgaríssimo, talvez nos braços de outra criatura. Mas ele vinha solícito, comercial, querendo mostrar-se negociante, com o orgulho infantil de vender bem.

– Nem lembrei que vossência esteve cá ontem. São tantos os fregueses!

Essa ingenuidade deu-lhe a ela um pouco de ousadia:

– Que memória!

– Mas logo lembrei. Até estive a mostrar-lhe umas *voilettes*.

E sorria. Ela então pôs-se a ver os véus de que não tinha aliás necessidade. Ele abria caixas e caixas. Sobre o vidro do balcão jaziam rendas, gazes, tecidos aéreos de todas as cores. Ela, inconscientemente, estabelecera a confusão fatigosa como um estrategista, para tocar uma daquelas mãos que deviam ser quentes e macias. No momento propício, vinha-lhe um frio e não ousava. Para não o desagradar, apartava mais um véu, e continuava. Sofregamente as suas lindas mãos contraíam-se de jaspe sobre o multicor das gazes. O seu colo arfava. Sentia a boca seca, não podia quase falar. Que iria acontecer se conseguisse? Ele compreenderia? Ele falaria cheio de vaidade com a aventura enorme? Ele não recusaria. E depois? E depois?

— Veja a senhora este que é o mais fino.

Ele curvara-se, segurando o véu com as duas mãos. Ela pendeu para a frente de modo a sentir-lhe a respiração. Cheirava a flor murcha. O seu respirar era um arfar de olores. Alda, com um indizível prazer que a percorria toda, estendeu ambas as mãos. Os seus dedos como por acaso roçaram pelas mãos do rapaz. Não se enganara! Elas tinham um morno calor suave ao gelo dos seus dedos.

— Perdão! disse ele largando o véu.

Ela olhou-o com toda a súbita paixão do instinto, sem forças. Ele ainda não compreendia, tão longe da possibilidade que a sua juventude não tremia. Mas o olhar continuou, continuou carregado de desejo e de súplica, pesado de coisas loucas e deliciosas. Ele sorriu meio indeciso. Ela suspirava forte, olhando-o. Um risco de malícia ingênua clareou-lhe a boca vermelha. Ela estendeu o véu, sem dele despregar o olhar que sorria. Os olhos dele como quiseram adivinhar. Uma onda de sangue encheu-lhe o rosto.

— Minha senhora...

— Como se chama?

— Ferreira. Manoel Ferreira. Onde devo mandar os véus?

No cérebro de Alda Guimarães uma luta entre o receio e o desejo retinha a sua resposta.

Com violência e em seu desvario dizia-lhe todos os pavores do preconceito. Com maior força os sentidos inebriados arrastavam-na. Manoel! Um nome bom, macio. E aquelas mãos, aquele hálito, aquela saúde esplendorosa, aquele cabelo... Que fazer? Que fazer? Dar a direção da sua casa? Nunca se comprometeria até aquele ponto. Ia dizer alguma coisa e disse:

— Por que não m'os leva o senhor mesmo?

Depois da pergunta, o sentimento de pudor foi tanto, que não percebeu o rapaz, tão atônito quanto ela, baixando a voz, murmurando:

— Só quando fechar a loja! É longe?

Foi preciso que ele repetisse a pergunta. Como despedaçada ela indicou o palacete, saiu sem o olhar, trêmula, palpitante, com a face afogueada e os lábios secos. Chegou assim até o automóvel, teve que cumprimentar o secretário da Bélgica, solteiro; recebeu já instalada a saudação longa do velho Lloyd Balfour da embaixada americana, e quando mandou tocar, sucedera-lhe à atordoação um nervosismo de se explicar a si mesma, de se desculpar, de salvar-se do instante alucinado. Ela que jamais tivera uma aventura, ela que não pecara por não sentir necessidade alguma, ela honesta que compreendia o outro sexo pelas profissões: um diplomata é um diplomata, um general é um general, um jardineiro é um jardineiro – vendo de súbito num pequeno caixeiro de modas um homem! Como podia se ter dado esse horror delicioso? Era preciso afastar as suspeitas dos criados. Lamentáveis, aliás. Porque livre não era livre, e temia preconceitos quando todas deviam fazer coisas idênticas. Para se desculpar encontrava na memória as intrigas e as calúnias do seu mundo contra várias senhoras bem recebidas: o escândalo de Sofia Marques com o motorista, o divórcio de Adalgisa Gomensoro por causa de um rapaz que ninguém conhecia, mil histórias outras. Depois, ninguém saberia se ela realmente realizasse. A essa hipótese, um tremor a sacudia. Podia ser um mariola que a difamasse e que até explorasse. Mas tratava-se de um quase menino. Ele não podia ter mais de dezoito anos. E tinha a face ingênua no envolvente e rápido vigor, acrescido de manhãs passadas ao ar livre – porque necessariamente com aqueles ombros, aquela cinta estreita, aquelas mãos, Manoel havia de remar. E as palavras objetivaram-lhe na mente a criatura inteira. Que vergonha! Como seria bom acariciá-lo, beijar-lhe a cabeleira negra, os olhos molhados de luxúria ingênua, apertar-lhe os braços e adormecê-lo de encontro ao peito...

Desse confuso pensar surgiu-lhe a ideia de estabelecer um plano capaz de evitar todas as suspeitas, apesar de não ter nenhum projeto, nem mesmo o de mandar entrar o rapaz. Saltou assim no palacete, pálida, resoluta como um estrategista, espiando nos olhos dos criados a possível desconfiança, subiu aos aposentos acompanhada de Leônia, Leônia a sua defesa! Mas acabava de enfiar um roupão, quando Leônia indagou:

— A senhora não sai mais hoje?
— Porquê?
— Porque se não sair e não receber nenhuma das suas amigas, eu pediria para sair esta noite. É o meu dia de passeio e iria ao teatro.

Alda Guimarães estarreceu. Era a fatalidade. Iria ficar só com o seu desejo? Jamais! Jamais! Não poderia resistir. Voltou-se para dizer a Leônia que adiasse o teatro. Mas ouviu-se dizer:

— Não; podes ir...

E imediatamente achou que devia responder aquilo mesmo, e imediatamente admirou a calma, a naturalidade com que respondera. Leônia não acreditaria no que poderia estar para acontecer. Assim, desde a resposta, dividiu-se em mente: A Alda picada pela tarântula representava um estado de subinconsciência, e Alda calma assistia à representação como no cinematógrafo. Que inteligência! Que lucidez!

— Vou passar a noite lá embaixo, ao piano... Podes sair já.

Preparou-se com cuidado, vestiu um vestido absolutamente de interior tanto no seu mole e flutuante modelado a exteriorizava. Desceu para o jantar. A vida solitária, a tristeza dessa vida como a sentia agora no seu interminável bocejo sem preocupações. Era possível existir assim? Não jantou quase. O copeiro grave passava os pratos, sem que ela os tocasse. Antes da sobremesa ergueu-se. Voltara-lhe a ansiedade como um acesso de febre. Todos os ruídos da rua chegavam-lhe aos ouvidos como chamadas de campainha — as chamadas que anunciariam a presença do pobre pequeno. Afinal não se tratava de nenhum personagem! Era pueril o seu medo.

— Antônio, se vier hoje um menino com uma encomenda de véus, manda-o entrar. Quero vê-los à noite antes de os comprar.

— Sim, minha senhora.

— Ah! Não estou para ninguém.

Foi para a pequena saleta íntima, onde havia dois enormes divãs. A saleta. mobiliada com muito gosto, era como certos salões de França, depois das relações com o Grão-Turco — meio francesa meio otomana. E dava para a galeria de entrada. Recostou-se, fechou os olhos. Todo o seu ser enchia de imagem e do desejo da imagem que a desnorteara. O coração batia-lhe de modo que sentia nas artérias do pescoço o seu desordenado bater. Agora, posto que não tivesse definido o futuro, só a assaltava um receio: viria ele? No imenso silêncio, o receio era quase angústia. Era capaz de não vir! Timidez decerto. Talvez, porém não tivesse agradado. Podia ser... O ridículo de desejar e ser repelida... Pela primeira vez reparou de fato numa pêndula de Boule que o falecido general comprara em Paris num leilão do Hotel Druot. A pêndula tinha um mostrador tranquilo e desanimado. Dizem que o tempo é breve. Não viram o tempo que leva um ponteiro a andar cinco minutos! Quanto pensamos e realizamos e queremos e arfamos na terra para o desconhecido enquanto um relógio pesponta, à toa, cinco longos, intermináveis minutos! Se ele chegasse, se ele não chegasse! O ruído do relógio parecia compor essa alternativa, falar a gangorra do seu pensamento, enquanto a sua carne era como que aos poucos aquecida por um aflitivo desejo de consolo.

De repente houve um breve retinir de campainha. Alda Guimarães teve um sobressalto como se a tivessem tocado na nuca com uma ponta de gelo. Tomou de um livro, abriu-o. Como os criados são lentos em abrir as portas! Era a eternidade positivamente. A campainha fez-se ouvir de novo, ainda mais breve e tímida. Um enternecimento pelo que aquela rápida vibração exprimia fê-la sorrir. O criado passou enfim, devagar, como compete a um criado de casa importante. Ela ouviu um rumor indistinto. O criado tornou a aparecer:

– É o rapaz com os véus. Mando entrar?

– Dê mais luz. Mande.

Fechou os olhos, de pé. Um turbilhão parecia arrastá-la. Quando os abriu, à porta da saleta, respeitoso, com um grande embrulho, estava o adolescente. Ela via-o inteiro, dos pés à cabeça, e era como se visse, vestido, um dos muitos S. Sebastião em que os sensualistas do renascimento derramaram o seu amor pela pulcra forma dos efebos entontecedores. O criado, ao lado, estava firme. Alda Guimarães fez um esforço:

– Trouxe a encomenda?

– Sim, minha senhora.
– Quero vê-los antes, à luz. Pode ir, Antônio.
– Vossência permite? gaguejou o rapaz.
– Entre. Pode desfazer o embrulho nesse divã.

Com um motivo profissional para mascarar o seu enleio andou até o divã num passo que era leve e forte, curvou-se numa curva de estatuária, sem esforço, macio e vigoroso. Talvez tivesse ainda dúvidas, juventude enrodilhada na inexperiência e assustada com aquele luxo que tornava inacessível a mulher ao lado.

Alda Guimarães sentou-se no divã, admirando-o. Como era diverso dos indivíduos que conhecera, rapazes e homens na sua sociedade – que vinca tanto as criaturas na mesma dobra!

– Vossência desculpe eu ter demorado um pouco.

Ela reparava agora no pêssego maduro que era o seu pescoço. Uma desorientada vontade de mordê-lo obrigou-a a indagar:

– Por que não mandou outro?
– Vossência disse que eu mesmo trouxesse. O que eu não pensei é que desejasse ver de novo os véus.

Essa ingenuidade trouxe a Alda uma súbita confiança.

– Não tem levado encomendas a outras casas?
– Não, minha senhora. Isso é para empregados de outra categoria, os principiantes...
– Ah! Já tem uma categoria?
– Oh! bem modesta.
– E que idade tem?
– Fiz dezoito.
– Era o que eu pensava.

Houve um enorme silêncio. Ele abria as caixinhas.

– Diga-me, Sr. Manoel, faz esporte?
– Um pouco de remo, ao domingo, para divertir.
– Era o que eu pensava. Mas para divertir? Na sua idade há outros divertimentos.
– É uma questão de gosto.

Graças ao hábito de sociedade, ela não só falava com desembaraço como falava com o tom de quem trata com um inferior. Graças ao seu ofício ele respondia com desembaraço, conservando o tom de respeito para com alguém socialmente superior. O instinto aproximava-os para a maior das igualdades. Ele indagava sem o saber com a desconfiança maliciosa: "Onde vai ela chegar?" Ela pensava, com o desejo palpitante: "De que modo resolver tudo isso?" Se ela estivesse diante de um cavalheiro da mesma roda a ânsia do imprevisto não existiria, já teria passado à declaração caso consentisse. Se ele estivesse diante de qualquer mulher não indagaria nada. Fatais estados d'alma que se dão sempre quando incide o desejo em seres de diferente situação social. E tão terríveis que o mais desvairado amor não faz esquecer nem a uma superioridade nem a outro grau abaixo. Assim ele poderia arruiná-la, difamá-la, espancá-la até. Nunca esqueceria a preferência e se não fosse muito bom, estaria perdido, cheio de ambições. Assim ela poderia sofrer, amar, perder-se. Mas seria sempre a criatura que dava a preferência...

Nenhum dos dois pensou exatamente isso. Ficaram na pergunta que é a resolução do problema imediato nesse gênero de choques, ele não ousando, ela não querendo ousar para não parecer mal. Mas as mulheres, mesmo as mais honestas como Alda Guimarães, são fortes quando desejam.

Alda Guimarães ergueu-se, tomou um dos véus na ponta dos dedos, agitou-o.

– Como é lindo, à luz!

Ele sorriu.

– Vossência acha?

– E você? Veja!

Agora tomava dos véus – um, dois, cinco – verdes, brancos, cor de morango, negros. Eram como amputações de asas de uma ornitologia nigromática em torno dela. As suas mãos cada vez passavam mais perto do rosto de Manoel, cujo sorriso ia se estereotipando numa fixidez angustiosa. De repente ela voltou-se. As mãos dele caídas sentiram o roçar breve do corpo dela. Ela escorregou no divã bem junto, a cabeça erguida para ele. Manoel ficou sem coragem de avançar nem de recuar.

– Mas, minha senhora...

Os olhos dela, a boca que ela tinha formosa não podiam mais, revelavam demais – porque de súbito ela viu o semblante do adolescente convulsionar-se, os olhos luzirem, um vinco brusco tornar-lhe severo o semblante, todo ele tremer como queimado por um simoun de desejo, que lhe fazia bater os dentes, e a sua voz rouca indagar, enquanto passava a vista pelas portas:

– Não vem gente?

Alda não soube que gesto fez. Ele curvou-se, a sua boca magnífica sorveu-lhe a dela como se sedenta chupasse um fruto cheio de sumo. Ela tremeu na mesma febre passando-lhe os braços no pescoço. Então ele despejou-a no divã em súbita fúria. Um imenso, delicioso, doloroso acorde de prazer – o prazer que nenhum dos dois sonhara, sacudiu as almofadas do divã. Sem pensamentos, sem outro fim, alheios ao orbe inteiro, no frenesi de atingir ao bem supremo, atingiram o sumo gozo brevíssimo que é a felicidade única da terra.

E foi com infinita amargura que os pretendentes souberam da partida da incorruptível e formosa Alda Guimarães, oito dias depois de a verem na Avenida, em meio luto da viuvez.

Ia num péssimo vapor francês, só com Leônia e radiante. Ninguém, porém, poderia desconfiar que entre os outros passageiros, havia o amor...

BIOBIBLIOGRAFIA

João do Rio é o pseudônimo de Paulo Barreto, ou melhor, João Paulo Alberto Coelho Barreto, nascido a 5 de agosto de 1881 no Rio de Janeiro, onde morreu em 23 de junho de 1921, de um fulminante ataque cardíaco, após ter vivido espetacular e sofregamente sua tumultuada existência.

Carioca até o mais íntimo do ser, não só pelo nascimento, mas também pela natureza dos seus escritos e pela maneira como se entregou à vida do Rio, seu pseudônimo está perfeitamente de acordo com este aspecto de sua personalidade. Notívago, chegou a descrever seu modo de perambular pelas ruas e becos cariocas, ainda iluminados por bicos de gás.

Autêntica vocação para o jornalismo, começou sua carreira aos dezoito anos. Inicialmente, deixou se influenciar pelo moralismo positivista do pai; entretanto, logo passou às investidas demolidoras, polêmicas e agressivas.

Possuidor de rara capacidade de trabalho, revolucionou os processos de fazer imprensa no país, renovou a reportagem e dotou de dignidade a crônica mundana. Suas famosas reportagens, muitas das quais realizadas nos meios mais sórdidos e empregando um cru realismo, documentam a vida da cidade nas duas primeiras décadas do século.

Na literatura cultivou o romance e o conto, além de ter logrado excepcional êxito na qualidade de autor teatral.

Em maio de 1910, aos vinte e nove anos, foi eleito para a vaga de Guimarães Pessoa na Academia Brasileira de Letras, porém morreu de relações estremecidas com a instituição.

Ávido de notoriedade, petulante, impertinente, queria fazer-se marcar fosse como fosse e assumia uma certa atitude de displicência *blasée*, um ar de agressivo pouco-caso em relação a tudo, adotando ainda um singular estilo de se vestir.

Criou-se um clima de mistério em torno de sua vida íntima, na medida em que lhe eram atribuídos ora virtudes, ora defeitos e vícios que ele não desmentia. Não era de admirar que contasse com amigos e inimigos radicais.

OBRAS

CRÔNICAS E REPORTAGENS:
As religiões no Rio, A alma encantadora das ruas, Cinematôgrafo, Vida vertiginosa, Os dias passam, Crônicas e frases de Godofredo de Alencar. PaU-MaU Rio de José Antônio José, No tempo do Wenceslau.

INQUÉRITOS:
O momento literário, Na conferência da paz.

CONTOS:
Dentro da noite, A mulher e os espelhos, Rosário de ilusão.

ROMANCE:
A correspondência de uma estação de cura.

TEATRO:
A bela Madame Vargas, Eva.

CONFERÊNCIAS:
Psicologia urbana, Sésamo.

VIAGENS:
Fados, Canções e danças de Portugal, Portugal d'agora.

ÍNDICE

O espaço da rua e da noite 7

De DENTRO DA NOITE 17
Dentro da noite 19
Emoções 27
História de gente alegre 35
Duas criaturas 45
Coração 55
Aventura de hotel 71
O monstro 79
O bebê de tarlatana rosa 87
A parada da ilusão 95
Uma mulher.excepcional 105
A mais estranha moléstia 113
O carro da semana santa 125

De A MULHER E OS ESPELHOS 135
D. Joaquina 137
A menina amarela 147
A amante ideal 155
A aventura de Rozendo Moura 165
Penélope 177

BIOBIBLIOGRAFIA 189